자유로운 쓰기와
창의적인 읽기를
장려합니다

글에는 작가 고유의 지문이 있습니다
정형화된 틀에서 벗어나
작가의 심리와 무의식이 반영된 자유로운 문체를 추구합니다
오타, 비문 및 오문을 허용하며 글맛을 살렸습니다

행복해지는 중입니다

행복해지는 중입니다

김미옥 에세이

마음세상

걱정쟁이의 행복 수집기

걱정쟁이로 사십 여 년을 살았다. 앞으로도 그리 살아갈 거다.

유난히 걱정이 많은 아이였다. 걸어가다 돌멩이에 걸려 넘어 질까 걱정을 했고, 소풍 가기 전날 비가 와서 소풍을 가지 못할까 봐 잠을 설쳤다. 친구의 표정과 말투에 걱정했고, 선생님의 시선에 걱정했다. 혹시 날 싫어하는 건 아닐까. 날 멀리하지는 않을까 하는 것들에 대해.

걱정은 끊임없는 생각의 꼬리를 물었고 만성 두통을 가져왔다. 두통약을 매일 한알 이상씩 먹어야 했다. 걱정은 걱정을 낳고 또 다른 걱정을 낳으며 몸집을 키웠다. 몸집이 커질수록 가슴이 답답해졌고 일상이 무기력해졌다. 부정적인 시선으로 세상을 바라보았고, 두려움에 자주 심장이 쭈글해졌다.

걱정을 하지 말자고 생각하면 걱정을 더 하게 되는 아이러니한 굴레에 빠져 살았다. 어쩌면 타고난 기질일지도 모른다고 생각했다. 사람들은 말했다. "넌 걱정이 너무 많아." "살기 참 피곤하겠다."

사람들의 말이 맞다 걱정이 많아 살기 참 피곤했다. 세상을 잘 살아가기 위해 써야 할 에너지를 온통 걱정하는 곳에 써버려 막상 세상을 살아갈 에너지가 소진되어 버린 적이 종종 있었다. 걱정이 사라지지 않는 날은 술을 마셨다. 술을 마시면 걱정이 걱정처럼 보이지 않았다. 매일 걱정이 있으니 매일 술을 마셨다. 걱정이 흐릿해졌다. 사라졌다. 술은 나를 길들이기 시작했다. 술 없이는 하루도 살 수 없게.

손이 떨렸다. 회사 생활이 곤란해졌다. 술을 마신 밤은 내일을 생각하지 않았다. 무단결근이 늘어났고 결국에는 다니던 회사를 그만두었다. 익숙해져 버린 술에서 벗어나기는 쉽지 않았다. 술의 굴레에서 오랫동안 갇혀 지내야 했다.

어느 날 문득 '행복하고 싶다' 생각이 들었다. 나도 행복하고 싶었다. 걱정쟁이로 타고났다고 행복해지지 말라는 법은 없으니까. 법정 스님은 향기로운 한 잔의 차만 있어도 얼마든지 행복해질 수 있다고 말했다. 염세주의 철학자 쇼펜하우어는 "내적으로 부유한 사람은 행복해질 수 있다."라고 말했다. 행복은 매일 있다는 책의 말들을 믿었다. 행복을 수집해 보기로 했다. 나의 일상에. 나의 하루에 매일 있던 행복들에 대해 말을 걸었다. 걱정은 걱정이고 행복은 행복이니까. 걱정을 사라지게 할 수 없다면 그냥 있는 그대로 받아들이기로 했다.

'그럴 수 있어.', '어쩔 수 없지 뭐.' 같은 말들로 걱정을 마주했다. 뭐어쩌겠어. 걱정이 떠나기 싫다는데. 억지로 밀어내려고 하니 더 기를 쓰고 내 옆에 붙어 있었다. 걱정은 걱정대로. 행복은 행복대로 옆에 두기로 했다.

봄에는 벚꽃을 보아서 좋았고, 가을은 산책하기 좋았고, 겨울은 붕어빵이 있어 좋았고, 여름은 푸른 바다가 좋았다. 비가 오면 라면을 먹을 수 있어 행복했고, 눈이 오면 아이들이 좋아해 행복했고, 흐릿한 날씨에는 기분이 정돈되어 행복했다.

행복이 처음부터 '짠'하고 모습을 나타내지는 않았다. 억지스러운 행복 수집은 행복하지 않았다. 뭐든 처음은 서툴고 어려운 법이니까.

걱정이 사라진 건 아니다. 여전히 난 걱정쟁이로 살고 있다. 달라진 건 행복해 지고 있는 중이다. 쇼펜하우어는 '인생은 고통과 권태를 오락가락하는 시계추다'라고 말했다. 나에게 인생은 걱정과 행복을 오락가락하는 시계추다.

이 책은 걱정쟁이로 살고 있지만 행복을 수집하며 살아가는 이야기다. 걱정에서 벗어나기 위해 걱정하는 일은 이제 그만 멈추고 일상에 머문 행복 수집을 시작해 보기로 했다. 나는 지금 행복해지는 중이다.

Part 1. 흘러가는 행복의 일상들

Part 2. 책과 글쓰기에서 만나는 행복

Part 3. 인생은 원래 그런거야

Patr 4. 행복을 먹고 행복한 사람 보고

Part 5. 나답게 행복 수집기

Part 1.

흘러가는 행복의 일상들

외출

밖으로 나갔다. 불필요한 외출을 자제하고 있었지만 생활비 통장에 잔고가 바닥을 보이고 있어 은행에 가서 채워 둬야 했다. 모자를 쓰고 마스크를 하고 걷기 편한 운동화를 신었다. 은행은 걸어서 15분 거리에 있다. 불편한 신발을 신고 걷다 보면 발뒤꿈치가 까지기도 하고 엄지발가락이 아프기도 한다. 꼬질꼬질한 신발이라도 발이 편한 신발이 좋다. 신발장을 열어보면 유독 해진 운동화가 하나 있다. 그 운동화가 발을 제일 편안하게 해주는 운동화다. 새로운 신발을 구매하지만 결국에는 그 해진 운동화를 신고 있다. 편하니깐 손이 간다. 오래된 친구의 전화번호를 누르는 것처럼 오래되고 익숙한 것이 좋다. 비가 오는 날 운동화 밑창으로 들어오는 빗물로 양말과 발이 젖는 걸 알면서도 나는 또 그 해진 운동화를 신고 밖으로 나간다. 좋으니까 편하니까 계속 찾게 된다. 나의 오랜 친구처럼.

새로운 것보다 오래된 것에 편안함을 느낀다.

벚꽃이 피었다. 베란다로 보이는 노란 산수유꽃만 보다 하얀 벚꽃을 보니 정말 봄이 왔긴 왔구나 생각 했다. 바닥을 드러낸 통장의 잔고 덕에 올해 벚꽃 구경은 생각도 못했는데 벚꽃을 볼 수 있었다. 바람이 한번 휙 불어 주니 벚꽃들이 눈꽃이 되어서 날린다. "뭐야 이렇게 예뻐도 되는 거야?" 무뚝뚝한 아줌마가 새색시처럼 웃고 있었다. 마스크를 써서 내가 웃는지 우는지 아무도 알지 못한다. "와! 예쁘다" 혼잣말로 중얼거렸다. 거리에 사람도 없었다. 보폭을 최대한 좁게 해서 느림보 걸음으로 벚꽃 길을 지나갔다. 최대한 자연스러운 걸음걸이로 꽃구경을 하고 있었다.

생활비 통장의 바닥난 금액을 보고 우울했지만, 길에서 마주한 벚꽃 덕분에 웃었다.

쉬면 되는데

하루만 아무것도 하지 않고 쉬고 싶었다. 어젯밤에 입은 짱구 잠옷을 아침에도 그대로 입고 있었다. 오늘은 아무것도 하지 않고 집안에만 있겠다는 나의 의지를 보여 주는 거였다. 침대 위에 누워 스마트폰으로 '잘 쉬는 방법'을 검색했다. 검색한 내용을 쭈~욱 내려가면서 보니 여러 가지 잘 쉬는 방법들이 소개되어 있었다.

[혼자 여행, 독서하기, 좋아하는 음식 먹기, 하루 종일 잠자기, 하루 종일 영화보기, 하루 종일 집에서 뒹굴기, 스마트폰 전원 off, tv 전원 off 등등]

저마다 잘 쉬는 방법의 장단점을 이야기했다.

"그냥 쉬는 것도 쉽지 않네!" 쉬는 것도 그냥 쉬면 되는데 나는 쉬는 것조차 잘~쉬는 방법을 찾고 있었다. 난 늘 [쉬다] 동사 앞에 [잘]이라는 부사를 붙인다. [공부 잘하는 법, 노래 잘하는 법, 요리 잘하는 법] 뭐든 잘하고 싶은 나의 생각과 습관들이 어쩌면 많은 것을 잘 못하게 만들고 있었는지도 모른다. 그냥 쉬고 싶으면 쉬면 되는데. 꼭 잘 쉬어야 쉬는 건 아닌데... 내가 잘 쉬는 걸 생중계하는 것도 아니고 내가 쉬는 것을 누구한테 보고 해야 하는 것도 아니다. 그냥 쉬고 싶으면 쉬면 된다. 그냥 내가 하고 싶은 대로 그냥 쉬어 보자. 아무것도 하지 않고 그냥 가만히 있는 것 그것도 쉬는 거니깐.

쉬고 싶으면 그냥 쉬면 되는데.

침대에 가만히 누워 스마트폰으로 sns를 보고 있었다. 차 안에서 찍은 만개한 벚꽃들 사이를 차로 지나가는 동영상, 가족과 연인과 턱밑으로 마스크를 내린 체 벚꽃을 배경으로 찍은 사진들, sns 세상은 벚꽃 사진으로 도배 되어 있었다. 날씨가 좋아서, 사람이 없어서, 지금 아니면 못 볼 것 같아서, 답답해서, 사진들 밑에 적힌 코멘트는 저마다 이유와 사연이 있었다.

"그래! 다들 저마다 이유가 있고 사연이 있겠지 뭐!"

스마트폰 전원을 off 하고 제대로 아무것도 하지 않고 쉬기로 했다. sns세상은 [쉼]이 필요한 나에게 이로운 세상이 아니었다. 스마트폰 on상태의 [쉼]은 쉬는 것이 아니다. 카톡 알림메세지, 온라인 쇼핑몰의 세일 정보 알림, 브런치 라이킷 알림, 블로그 댓글 알림, 인스타 댓

글 알림 등 수시로 울려댄다. 알림을 무시하지 못하고 그 알림에 반응해 버리면 스마트폰에 빠져 쉬어도 쉰 것 같지 않다. 잘 쉬고 싶다면 스마트폰 off은 무조건이다.

쉬고 싶다면 생각은 off.

버스 안에서

혼자 정류장에서 버스를 기다리고 있으면 불안해지기 시작한다. "나 혼자 버스를 타야 하는 거 아니야?" 나와 함께 527번 버스를 탈 사람들을 두리번거리며 기다리고 있다. 버스 도착 알림판에서는 "527번 버스가 전전을 출발했습니다."라는 안내 메시지가 나왔다. 그리고 내 시야에 527번 버스 번호표를 단 버스가 내가 기다리고 서 있는 버스 정류장에 정차했다. 나는 정류장 벤치에 앉아 잘 묶여 있던 운동화 끈을 풀어 다시 묶기 시작했다. 527번 버스는 열어 놓았던 버스 문을 닫고 출발했다. 나는 여전히 버스 정류장 벤치에 앉아 있다. 527번 버스를 그냥 보내 버렸다. 사람들 시선에 집중되는 것이 싫어서 나는 혼자 버스를 타지 못했다. 또다시 20분을 기다린다. 첫 번째 버스를 보내고 두 번째 버스를 탈 때쯤이면 사람들이 정류장으로 나타난다. 아직 까지 두 번째 버스를 그냥 보내 본 적은 없었다. 다행히 첫 번째 버스를 보내고 나면 나와 함께 버스를 타 줄 사람들이 나타나 주었다. 그날도 그랬다. 버스가 도착해 목적지 방향이 똑같은 사람들의 틈 사이에 끼여서 버스를 탔다. 버스 요금을 내고 빈자리를 찾아 걸어갈 때 버스 안 사람들의 시선이 나를 보고 있다는 생각이 들어 나도 한번 힐끗 쳐다보면 밖의 풍경을 보는 사람들, 스마트폰 화면에 빠져 있는 사람들, 가족과 연인과 대화를 하고 있는 사람들만 있을 뿐 나를 보는 사람은 단 한 명도 없었다.

사람들은 내가 생각하는 것보다 그 이상으로 나에게 관심이 없다.

튀는 걸 좋아하지는 않지만 많은 사람들이 나를 알고 있었으면 한다.

"아무거나 다 괜찮아요."라고 말하지만 내가 좋아하는 것을 했으면 한다.

귀찮아서 연락이 안 왔으면 좋겠다고 생각하지만 막상 연락이 안 오면 서운해한다.

막상 버스 안 사람들이 아무도 나에게 관심이 없다고 생각하니 은근히 서운했다.

다음 정거장이 내가 내릴 목적지라고 버스 안내 방송이 나온다. 또 다시 나는 눈치를 보기 시작한다. 나와 함께 내려 줄 사람이 있는지 그렇지 않은지 기다린다. 버스 벨을 누르는 사람이 있다면 함께 나도 내린다. 그렇지 않으면 한두 정거장 지나 함께 내릴 사람을 기다려 내리기도 한다. 어릴 적부터 사람들의 시선에 집중되는 것이 싫어서 혼자 버스를 타거나 내리지 못했다. 이런 나의 행동은 부끄러움에서 오는 거라고 생각했다. 하지만 놀랍도록 다른 사람들은 나에게 관심이 없다는 사실을 알게 된 이후도 나의 행동은 그다지 달라지지 않았다. 부끄러워할 사람들의 시선이 다른 곳에 집중되어 있다는 것을 알고 있지만 나는 여전히 부끄러워하며 버스를 혼자 타거나 내리지 못한다. 다른 사람들의 시선이 집중되는 것이 부끄럽기는 하지만 그 시선을 나는 즐기고 있었던 것은 아닐까?

"뭐 먹을래"라고 물어서 "아무거나"라고 대답은 하지만 내심 내가 먹고 싶은 것을 선택해 주기를 바라는 나의 심리처럼. "보지 마세요! 부끄러워요"라고 말하지만 "왜 나한테 관심이 없지!"라고 서운해하는 것처럼.

나한테 신경 꺼 주세요

스무살 때부터 몇 가닥의 흰머리가 올라오기 시작했다. 한두 가닥의 흰머리는 족집게를 이용해서 뽑거나 엄지와 검지의 순간적인 힘을 이용해서 뽑을 수 있다. 20대 때의 나의 머리 색은 수시로 바뀐다. 연한 노란 색에서 부터 흰색에 가까운 연그레이 색, 좋아하는 연예인을 따라 했던 빨간색 머리까지 흰머리를 신경 쓸 시간도 없이 나의 머리카락 색상은 수시로 변했다. 나의 흰머리는 내가 결혼을 하고 첫째 아이를 임신 하면서부터 신경이 쓰이기 시작했다. 아이를 임신하고 난 이후부터는 염색과 펌을 전혀 하지 않았고, 간단한 커트 정도만했다. 그렇게 한두 달이 지난 나의 머리카락은 두피 에서부터 흰색으로 자라나고 있었다. 한두 가닥이었던 흰머리가 어느새 나의 앞 가르마 전체를 차지하고 있었다. 염색을 하지 못하니 10개월 동안은 흰머리와 검정 머리가 섞인 조금은 지저분한 머리를 하고 지내야 했다. 얼굴은 앳돼 보이는 색시 같은데 머리카락은 50대 후반의 여성의 머리카락을 하고 있으니 흰머리로 인한 스트레스가 생기기도 했다. "괜찮아! 괜찮아! 흰머리도 패션이야!"라고 가까스로 나의 멘탈을 잡고 생활 하다 가도 주위의 시선과 "염색 좀 해라! 머리가 그게 뭐니?"라는 말을 들을 때면 스트레스 지수는 상승한다. "내 머리카락이 검든 희든 왜들 그렇게 관심이 많은지... 모두들 내 머리카락에 관심 *끄세요!*"라고 말을 하고 싶지만 마음속으로만 외칠 뿐이다. 지금도 나의 머리카락은 첫째 아이 임신했을 때처럼 앞가르마를 기준으로 5센티가 넘는 흰머리가 자라고 있다. 분주한 일상을 마주할 때면 미용실에 갈 수도 없고 딱히 외출할 일도 없고, 나의 두피 건강을 위해서 뿌리 염색을 하고 있지 않았다. "집에 있어도 흰머리 염색은 좀 해라!" " 어미야 흰머리 염색은 언제 하려고 하니? 얼른 해라?" " 옛다 여기 염색약 하나 사 왔다. 지금 당장 염색해라!"

나는 괜찮아요! 나한테 신경 꺼 주세요

내가 괜찮다는 데 다들 왜 나의 흰머리에 이렇게 신경을 쓰는지 모르겠다. 나를 생각해서 말하는 거라 지만 받는 내가 불편하고 싫다고 말하고 있는데 이게 나를 위한 거라고? 그냥 신경 off 해 주었으면 좋겠다. 나의 두피 건강을 위해 잠시 염색을 중단 하겠다는데 왜 다들 나의 의견을 무시한 채 나의 머리 색상과 맞지 않는 새치 염색약을 구매해서 내 앞에 내밀고 있는지 모르겠다.

"이렇게 너 흰머리에 까지 관심을 가져 주는 사람들이 어디 있다고 너는 복 받은 거야!"

그 복, 나는 반사할게요!

어떤 사람은 복에 겨운 소리 하고 있다고 생각할지도 모른다. 하지만 상대방이 원하지 않는 관심은 아무리 좋은 의도였다고 해도 상대방은 불편할 수 있다. 해주고 욕먹는다 라는 말이 괜히 있는 게 아니다. 아주 사소한 일이라도 상대방이 원할 때 필요할 때 관심을 가져주고 호의를 베풀어야 하지 않을까.

관계도 정기적으로 정리가 필요해

L한테 오랜만에 전화가 왔다. 10년 전에 연락하고 이번이 처음인 듯하다. L과 나는 꽤 친하다고 생각했던 나의 친구이다. 10년 전 나는 나의 결혼 소식을 L에게 이야기하기 위해 연락을 했다. L은 나의 결혼을 축하해주었고 결혼식에도 꼭 올 거라고 나한테 필요한 결혼 선물을 해주고 싶다고 무엇이 필요한지 물어보기도 했다. L과의 연락은 그게 마지막이었다. 나의 결혼 일주일 전부터 전화를 받지 않았다. 처음에는 바빠서, 개인적인 사정이 있어서, 그렇겠지 라고 생각했다. 그런데 나중에 알게 된 사실이 나의 전화만 받지 않는 것이었다. 왜? 결혼식에 오기 싫어서? 아직 확실한 이유는 모른다. 그냥 주위의 또

다른 친구들과 내가 멋대로 내린 결론이다. 못 오면 못 온다고 연락을 하지? 왜? 나의 연락을 받지 않았는지 이해가 가지 않는다. 그런 미스터리 한 의구심을 갖게 한 L이 10년 만에 나한테 연락을 했다. 전화기 화면에 보이는 L의 이름을 보고 솔직히 전화를 받기 싫었다. 10년 전 L도 딱 지금 내가 느낀 그 기분이었을까? 받기 싫은 발신자의 이름이 전화기 화면에 뜨고, 요란한 벨 소리가 울려대고 있는 불편한 상황을 어떻게 지혜롭게 빠져나올 궁리하며 알아서 전화벨이 멈추어 주기를 바라는 마음이 아녔을까? 지금의 나처럼 말이다. 나는 L의 전화를 받았다. 10년 만에 연락을 하게 된 L과 서로의 안부를 묻고 있었다.

"잘 지냈어?"

" 잘 지냈지! 너는?"

조금은 어색한 대화들이 오가면서 나는 빨리 대화를 마무리하고 전화를 끊고 싶었다. L과 내가 이렇게 어색했던 사이였나? 처음 만난 사람처럼 어색했다.

친구는 오랜만에 만나도 어색함이 없다는데…. L과 나는 이제 친구가 아닌가?

어색한 시간들이 흘러가고 나는 전화를 끊기 위해 대화를 마무리했다. "잘 지내고 건강해! 요즘에는 건강이 최고야!" "그래! 너도 잘 지내! 너 혹시 실비 보험 뭐 들었어?" L과 대화를 마무리하려는 나의 의도와는 달리 L은 대화를 계속 이어가고 있었다.

"실비보험? 남편이 알아서 해서 잘 모르는데……."

L은 갑자기 나에게 실비 보험의 중요성과 어떤 실비 보험을 들어야 하는지 내가 궁금해 하지도 않는 이야기를 일방적으로 하고 있었다. 그래 맞다 L은 나의 안부가 궁금해서 전화를 한 것이 아니라 나의 보험이 궁금해서 전화를 했던 거였다. 우리 이제 친구 아니지?

관계도 집과 같아서 정기적으로 정리해야 한다. 누구를, 어디까지, 어떻게 정리해야 할까?

L과의 전화 통화를 끝내고 나는 불필요한 관계를 정리하기로 했다. 인간관계도 분리수거가 필요하다. 불필요했던 관계들을 하나둘 정리 했다.

"살아가면서 불필요한 관계는 알아서 정리가 되니 힘들여서 정리할 필요 없다!"

친정 엄마가 결혼식 전날 혹시 하객이 적게 올까 봐 걱정하는 나에게 해준 말이다. 그때는 친정 엄마의 말을 이해하지 못했는데 한 해 한 해 살아가다 보니 그 말뜻을 알게 되었다. 진정한 친구는 힘들 때나 즐거울 때나 항상 나와 함께 해주는 사람이라는 것을 흐르는 세월을 마주하며 알았다.

자기만족

평소에 잘하지 않던 방법으로 화장을 했다. 가느다란 붓펜으로 아이라인을 그리고, 듬성듬성해진 눈썹에 일정한 색을 채우고, 끈끈한 마스카라액을 속눈썹에 발라 진하고 빳빳한 속눈썹으로 만든 다음 눈썹 집게로 꽉 집어줘 기존의 나의 속눈썹보다 두 배의 길이를 만들었다. 눈두덩이 에는 벚꽃 색과 비슷한 흰색과 연핑크색으로 색을 넣어주고 광대뼈 쪽에는 좀 더 진한 핑크 색으로 마무리했다. 입술은 핑크 색 립글로스로 촉촉한 입술을 만들었다. 화장이 완성된 내 얼굴은 이쁜 줄은 모르겠지만 얼굴은 생기 있어 보였다. 롱스틱 귀걸이를 하고 잘 입지 않던 원피스를 꺼내 입었다. 봄에 어울리는 조금 비싼 스카프도 목에 걸어 주었다. 손가락에 잘 끼지 않던 진주 반지도 하나 끼워주었다. 조금 과하다 싶은 외출 준비가 끝이 나고 내가 가지고 있던 가방 중 제일 비싼 가방을 들고 신발장에서 제일 비싸고 깨끗한 구두를 꺼내 신고 현관문을 열고 남편 차에 올라탔다.

"너 오늘 패션 너무 오버인데!"

나 역시 조금 과하다 싶은 패션이었다. 잘 입지 않던 원피스를 입으니 치마 밑으로 들어오는 봄바람도 신경 쓰이고, 편하지 않은 구두를 신었더니 걸음걸이도 내 걸음걸이가 아닌 듯 어색했다.

오늘 나의 패션은 나를 위한 패션이 아닌 남을 위한 패션이었다.

약속 장소인 한식집에 도착했다. 예약된 방으로 들어가니 이미 일행들이 도착해 서로의 안부를 묻고 이야기를 하고 있었다. 인사를 나누고 남편과 적당한 자리를 찾아 앉았다. 이런저런 사는 이야기들로 방안은 시끌시끌했고 가지각색의 음식을 씹는 소리, 숟가락이 밥그릇에 부딪치는 소리들로 요란한 시간이 흘러가고 있었다. 목에 하고 있던 스카프가 거슬리기 시작했다. 음식을 먹으려고 고개를 숙이며 함께 따라오는 스카프 때문에 한 손으로 스카프를 움켜쥐고 젓가락에 집힌 음식을 입속으로 넣었다. 스카프를 풀고 편안히 밥을 먹으면 되는데 나는 그러지 못했다. 밥 먹는 불편함을 감수하더라도 조금 비싼 스카프가 내 목에 있어야 했다.

다른 사람들은 각자의 사는 이야기를 하랴 음식 먹으랴 정신이 없어 보였다. 나의 스카프에는 아무도 관심이 없어 보였다. 나의 스카프에 관심이 있었던 건 스카프를 목에 걸고 불편하게 식사를 하고 있는 나뿐이었다. 결국 오늘 나의 패션은 남을 위한 패션이 아닌 나를 위한 패션이었다. 조금 과한 화장을 하고, 불편한 옷, 불편한 구두, 전체적인 스타일에 전혀 어울리지 않는 비싼 가방, 식사 중 불편함에도 꿋꿋이 하고 있던 스카프.

자기만족에 빠져 불편함을 감수하면서 까지 과한 패션을 선택했다. 나의 만족이었다.

나는 그날그날 스타일로 자신감이 상승하기도 하락하기도 한다. 그날의 패션이 마음에 들지 않으면 하루 종일 신경 쓰이고 누군가나의 패션에 입이라도 댈까 봐 최대한 사람과의 접촉을 피하게 된다. 사람들은 나의 패션에 아무 관심이 없다는 것을 알면서도 나는 지인의 모임에 나갈 때면 평소보다 좀 더 과한 패션을 선택한다. 스카프 하나로 기죽지 않고 당당할 수 있는 자신감이 생긴다면 나는 불편하더라도 다시 스카프를 목에 걸고 밥을 먹을 것이다.

상대방이 아무리 나에 대해 좋은 소리를 해도 내가 아니라고 생각하면 아니고, 반대로 아무리 나에 대해 나쁘게 말을 해도 내가 아니면 아니다. 중요한 것은 내가 나를 어떻게 생각하는 것이다. 자기만족이다.

에너지 충전

베란다 창문으로 보이는 산수유 나무에 갓 돋아난 푸른 나뭇잎이 촉촉한 것을 보니 비가 오고 있는 듯 했다. 일기예보에 비가 내린 다더니 비가 오긴 오나 보다. 10년전 결혼할 때 에어컨을 구매하면서 사은품으로 받은 로얄알버트 커피 잔에 믹스 커피 스틱을 부어 달달한 커피를 한잔 들고 거실 쇼파에 앉아 비 내리는 밖의 풍경을 보고 있었다. 마음이 저절로 차분해 지는 것을 느꼈다. 커피잔에 담긴 커피를 이리저리 돌리며 봄비가 내려 닿는 풀잎과 화단의 돌과 나뭇가지를 응시하고 있었다. 푸른 잎은 더욱 푸른 빛을 띠며 생기 있어 보이고, 돌과 나무의 가지는 봄비에 젖어 어두컴컴한 색을 띠고 있었다.

비가 내리는 것을 좋아하는 이가 있고 그렇치 않은 이가 있듯이 말 못하는 저들도 비를 좋아할 수도 싫어할수도 있다는 생각이 들었다. 가족이 모두 잠든 시간에 가질 수 있는 봄비 내리는 아침의 풍경에 조금 감성적인 사람이 되었다. 아이들에게 치이고 남편에게 치이면서 절대 방전되지 않을 것 같던 나의 체력이 에너지 충전이 필요하다고 깜빡이고 있었다.

충전이 필요합니다.

봄비가 만들어 놓은 작은 물웅덩이에 빗방울이 부딪쳐 동그란 파장을 만들어내는 모습을 가만히 바라고 있었다. 머리를 복잡하게 만들었던 잡다한 생각들 대신 지금 순간에 감사하다는 생각이 들었다. 달달한 커피를 마시면서 비가 내리는 풍경을 볼 수 있음에 감사했다. 소소하지만 확실한 행복 이였다. 소확행을 즐기는 사람들을 볼 때면 "저런 소소한 일에 행복을 느낀다고?" 믿지 않았다. 그냥 믿으려고 노력하는 거라고 생각했다. 그런데 오늘 나는 소확행을 즐기는 그들처럼 나역시 소소하지만 확실한 행복을 느꼈다. 비가 내리는 베란다 창문으로 보이는 밖의 풍경과 달달한 커피가 담긴 커피 잔으로 행복했다. 방전되었던 나의 체력에 충전이 되고 있었다.

충전이 되고 있습니다.

요란했던 나의 마음이 조용해졌다. 조용해 진 마음속에는 요란했을 나의 마음에서는 볼 수 없었던 아이들과 남편의 모습이 보였다. 나만 힘들었던 게 아니라 나만 에너지가 방전 되었던 것이 아니라 아이들도, 남편도 에너지가 방전되어가고 있었다. 내가 제일 힘들고 내가 제일 참고 살아가고 있다고 생각했다. 밖에 나가서 일해야 하는 남편, 학교에 가서 친구들과 뛰어놀아야 하는 아이들이 어쩌면 나보다 더 힘든 시간을 참고 견디면서 하루를 보내고 있었는지도 모른다. 나의 주 활동 무대는 집안이었으니 솔직히 예전과 달라진 것은 조금 늘어난 가사 일과 조금 줄어든 나만의 시간 이였다. 방전되었던 에너지가 충전되면서 미처 내 눈에 보이지 않았던 가족들의 모습이 이해가 되기 시작했다. 예상하지도 못한 곳에서 방전되어 가고 있었던 나의 에너지를 충전하고 있었다. 상대방이 나에게 하는 행동이 이해가 되지 않고 짜증이 난다면 나의 에너지가 혹시 방전되어가고 있는 것은 아닌지 생각 해보자. 나의 에너지가 충전되니 상대방을 보는 나의 시선이 변하고 있다는 것을 눈치 챘다.

충전이 완료 되었습니다.

문제는 네가 아닌 나에게 있었다

불편한 관계를 유지하면서 지내는 U가 있다. 모임에서 알게 된 U는 나와는 성격이 맞지 않았다. 첫날부터 서로의 의견 대립으로 약간의 언성을 높였던 기억이 난다. 이 모임이 끝나지 않는 한 나와 U의 관계도 끝나지 않는다. 어떤 날은 너무 많은 감정 소비로 인해 그 모임에 나가지 않기 위해 온갖 핑계를 만들어 나가지 않았다. 지친 일상을 힐링하기 위해 나가는 모임이 나를 더 지치게 하는 일이 많았다. 나를 지치게 하는 원인에는 언제나 U가 있었다. 생각 없이 밖으로 내뱉는 직설적인 화법, 내가 알고 있는 것이 정답이라는 거만한 태도, 내가 하면 충고 남 이하면 잔소리라 생각해 남의 말은 절대 듣지 않는

독선적인 태도……. 내가 본 U의 모습이다. 한 달에 한번 모여서 맛있는 것도 먹고 이런저런 이야기로 쌓인 스트레스도 풀었던 나의 힐링 모임이 이제는 나의 마음을 킬링하는 모임이 되어가고 있다.

모임의 다른 일행과는 아무 문제없이 잘 지내왔는데 U와는 유독 나와 맞지 않는 부분이 많아 대화하기를 꺼리게 되고 최대한의 접촉을 피하려고 한다. 시간이 지나면 나아지겠지? 익숙해지면 달라지겠지? 라고 생각했다.

하지만 시간이 지날수록 U와 나는 가까워질 수 없는 사람이라는 것을 알게 되었다. 하나부터 열까지 나와 맞는 것이 하나도 없었다. 인간관계에서 부터, 아이들 육아방법, 라이프스타일이 나와는 정반대였다. 달라도 이렇게 다를 수가 있을까. 더 이상 감정 소비를 하고 싶지 않아 모임에 나가지 않기로 결심했다. 다른 일행과는 가끔 만나기로 하고 적당한 핑계 거리를 만들어 모임에 더 이상 나가지 않았다. U와의 만남은 없었지만 모임의 다른 지인들과는 가끔 밥도 먹고 연락도 하고 지냈다. 알고 보니 나뿐만 아니라 U와의 관계를 불편해했던 지인들이 몇몇 있었다고 한다. 하지만 그들은 U와의 관계를 피하지 않고 서로 맞춰 나가면서 아직까지 U와의 모임을 유지하고 있다고 한다.

생각해 보니 나는 U의 잘못되었다고 생각했던 행동들을 한 번도 U

에게 말해본 적이 없었다. 혹시나 U가 나의 말에 기분이 상할까 봐 조심스러워 말 하지 않았다. 하지만 나의 착각이었다. U는 자신의 행동에 대해서 아무도 말을 해준 적이 없어서 잘못되었다고 생각하지 않았다고 한다. 모임에 지인들이 말하기 전까지 아무도 U의 행동에 태클을 걸지 않았던 거였다. 한 번에 U의 행동이 변화 지는 않았다고 한다. 처음 지인들이 U에게 말을 꺼냈을 때는 큰 언성이 오갈 정도로 쉽게 받아들이지 않았다고 한다. 그 뒤에도 여러 번 계속 반복해서 U에게 잘못된 행동으로 상처 받는 사람들이 있다고 이야기를 하면서 조금씩 U의 행동이 변화하기 시작했다.

다시 만난 U의 모습은 정말 많이 변해 있었다. 생각 없이 내뱉던 말들의 횟수도 줄어들었고, "그럴 수 있겠네!"라는 상대방의 입장을 공감 해주는 대화를 하고 있었다. 나와는 맞지 않는다고 선을 긋고 더 이상 다가가려고 하지 않았던 내가 한심했다. 내가 잘못한 것은 생각하지 못하고 상대방의 잘못 만을 탓했던 내가 부끄러웠다. 문제는 U가 아닌 나에게 있었다.

당신이 어떤 사람을 싫어하는 것은 그가 아니라 당신의 문제일수도. 그럴지도 모른다.

멈춰! 이제 그만!

결혼 전에는 마음이 불편하면 친구들을 만나 술잔을 기울이며 위로 받기도 하고 위로하기도 했다. 결혼 후는 나 혼자 술잔을 채우고 나 혼자 나를 위로하려고 애썼다. 아이들이 잠든 시간 냉장고에 넣어둔 맥주 한 캔을 꺼내 들고 거실 소파에 앉았다. 아이들 과자 한 봉 지도 꺼내 들고 와 테이블 위에 놓아두었다. 맥주 5:거품 2 비율로 유리잔에 가득 채워진 맥주는 단숨에 마셔 버렸다. 첫 잔은 무조건 원샷이다. 혼자 먹든 여럿이 먹든 깨지지 않는 불멸의 법칙이었다. 빈 맥주 캔 3개가 보였다. 게눈 감추듯 맥주들이 사라졌다. 혼자 먹는 술도 나의 지친 하루를 위로해주고 있었다. 딱 기분 좋은 취기가 올라오기 시작하면 더 이상 맥주를 마시지 않는다. 혼자 먹는 술은 딱 거기까지가 좋다. 매일은 아니었지만 일주일에 3번 정도는 냉장고 속에 넣어 둔 맥주캔에 힘들었던 하루를 의지 했다.

가랑비에도 옷이 젖는다는 말처럼 습관적으로 먹었던 술로 수전 증이 생기기 시작했다. 고등어 구이를 발라 아이들 밥그릇에 올려 주는 내 손의 미세한 떨림이 보이기 시작했다. 첫째 아이의 선생님과 상담 날에도 선생님께서 전해 주신 캔커피를 받아 드는 내손의 떨림이 보였다. '이제 그만 마셔라!' 내 몸에서 신호를 보내고 있었다. 신호를 무시하고 마신 술은 나의 손떨림을 더 심하게 만들었다. 멈춰야 할 때 멈추지 못한 나는 술을 먹지 않아도 한 달이 넘도록 손떨림이 지속되었고 요즘도 가끔 미세한 손떨림이 나타난다.

'멈춰!'

신호를 무시하지 않았더라면.

과하다 싶은 일들에는 어김없이 '멈춰'라는 신호가 온다. 시간 가는 줄 모르고 스마트폰에 빠져 있다 보면 검지 손가락의 뻣뻣함을 느끼고 눈이 따가워지고 목에 뻐근함을 느끼게 된다. '이제 스마트폰 그만 멈춰!' 오랫동안 스마트폰에 빠져 있는 나에게 각종 통증과 눈의 피로의 신호로 멈추라고 말한다. 멈추지 않고 계속 스마트폰을 본다면 눈 시력저하, 목 통증 지속, 손가락 통증 등 멈춤의 신호를 무시한 결과가 나타나게 된다. 친구가 편해서 하는 행동들도 멈춰야 될 때가 있다. 대학 때 아르바이트를 하면서 만난 좋은 친구가 있었다. 그 친구는 나를 편안하게 해 주고 대화도 잘 통했다. 내가 어떤 잘못을 해도 이해해주고 공감해 주었다. 모든 것을 받아 줄 거라고 생각했던 나는 과하다 싶을 정도로 친구를 편안히 생각하게 되었고 친구의 입장에서는 전혀 생각하지 못한 말과 행동들로 그 친구를 화나게 했던 일이 있었다. 화를 냈던 그 친구는 나에게 신호를 보내고 있었다. '멈춰! 그만!' 하지만 나는 멈추지 못했고 결국에는 좋은 친구는 내 옆에 있어주지 않았다. 신호를 무시하고 멈추지 못한 나의 어리석음에 좋은 친구를 잃었다.

멈춰야 할 땐 잘 멈출 줄도 알아야 한다.

사람들과의 대화에서도 가끔 과하다 싶을 정도의 말이 많아지면 순간 멈추어 내가 하는 말들을 곱씹어 본다. 뭐든 과하면 탈이 나는 것 같다. 고래도 춤추게 한다는 칭찬 역시 너무 과하게 한다면 칭찬을 받는 사람의 입장에서는 칭찬의 진실성에 의구심이 생길 수도 있다. 뭐든 과하지 않을 정도의 적당함이 중요하다. 과하다 싶은 행동에는 '멈춰! 그만!' 신호가 나타난다. 신호를 잘 알아채림으로 후회 없는 하루가 되길 바라본다.

할 말 다하는 착한 사람

왠지 찝찝한 기분이 드는 날이 있다. 딱히 이 문제 때문이다 하는 일이 생각나지는 않는다. 그냥 괜히 뭔가 해야 할 일이 있는데 안 했는 기분. 썩 개운하지 않은 기분이 하루 종일 계속 이어졌다.

"뭐지? 이 찝찝한 기분은?"

나의 전화기 벨소리가 울렸다. 수신자를 보니 세입자분이셨다. '무슨 일이지?' 전화를 받았다. 세입자분은 화장실 바닥에 물이 잘 안 내려가서 생활하는데 불편하다는 이야기를 전하기 위해 전화를 한 듯했다.

'혹시 이물질이 있는 거는 아닌지?'

'뺑 크린액은 부어 보았는지?' 세입자분이 확인하실 수 있는 부분을 말씀드리니 "나는 몰라"일단 물이 안 내려가니 해결을 해줘야 될 것 같다고 말을 했다. 다른 문제도 아니고 배수에 관한 문제라 눈으로 확인을 해야 했다. 호미로 막을 것을 가래로 막는다는 말이 있듯이 그냥 방치하면 더 큰 힘과 시간을 들여야 할지도 모른다는 생각에 세입자를 찾아갔다. 화장실에 물을 부어 보니 세입자분 말대로 물이 잘 내려가지 않았다. 화장실 바닥 하수구 거 르망 뚜껑을 열어 안을 보니 머리카락과 배추 찌꺼기들이 한가득 들어 있었다. 한 번도 거름망을 열어보지 않은 듯했다. 세입자분께 거름망 안의 이물질을 확인시켜 드리고 거름망 안의 이물질들은 깨끗이 씻어 다시 물을 부어보니 잘 내려갔다. 원인은 거름망 안의 이물질이었다. 오래된 저층 아파트라 배수가 문제가 될 수도 있겠다는 생각에 걱정했는데 다행히 배수에는 아무런 문제가 없었다. 화장실 배수구 거름망 청소와 야채를 씻을 때는 좀 더 조심해서 해야겠다는 말을 했다.

할 말을 다하지 못한 찜찜한 기분이 더해졌다.

돌아오는 차 안에서 남편은 나에게 "좋은 사람처럼 보이려고 하지 말고 해야 될 말은 해야 돼!"라고 말을 했다. 임대인이 해줄 수 있는 사항과 세입자가 스스로 해야 할 사항을 정확히 말해 줘야 한다는 것이었다. 계약서에도 특약사항으로 적어 놓았고 구두로도 여러 번 말을 해놓은 상태여서 다시 한번 말을 해야 할 필요성을 느끼지 못했었다. 남편은 무조건 '네네~'하는 나의 행동이 답답해 보인다고 상황에 맞게 할 말은 하는 사람이 되라고 말했다.

"다 좋은 사람처럼 보이고 싶지 누가 나쁜 사람이 되고 싶겠어?"

남편은 나 때문에 그동안 의도치 않게 자기가 나쁜 사람 역할을 맡았다는 지나온 이야기들을 하기 시작했다. 내가 하지 않으니 누군가는 해야 했고 그것을 남편이 총대를 메고 싫은 소리를 했었다. 생각해 보니 그렇다. 말하기 꺼려지는 것들은 무조건 남편에게 부탁을 했었다. 그리고 문제가 생기면 나는 한걸음 뒤쪽에 빠져 "나는 아닌데요!" 라고 상관없는 사람처럼 행동했다. 할 말을 한다고 나쁜 사람은 아니니깐! 나는 이제부터 할 말 다하는 착한 사람이 되기로 했다. 어쩌면 나의 생각을 정확히 말해주는 것이 상대방에게나 나에게 앞으로 생길 문제의 여지를 주지 않는 방법일 수도 있다.

할 말 다하는 착한 사람이 되기로 했다.

Part 2.

책과 글쓰기에서 만나는 행복

나를 성장시키는 방법

마음이 답답할 때는 마음의 근육을 단련하는 책들 위주로 읽었다. 우리 집 경제가 걱정이 될 때는 수많은 재테크 책 위주로 책을 읽었다. 문제의 해답을 책 속에서 찾고자 많이 노력했다. 책을 읽는 순간은 해답을 찾을 수 있었다. 하지만 하루 이틀 지나면서 찾은 해답들을 어디에서도 찾을 수 없었다. 그래서 선택한 방법은 읽은 책을 서평으로 남기기 시작했다. 내가 찾은 해답을 글로 남겨 놓는 것이었다. 사람이 살아가는 세상에는 문제없이 살아갈 수는 없다. 누구나 크고 작은 문제들과 함께 살아간다. 많은 문제들이 해답을 꼭 찾을 필요는 없다. 시간이 해결해 주기도 하고, 더 큰 문제로 소소한 문제들은 묻혀버리기도 하고, 바쁜 일상에 잊어버리기도 한다. 하지만 쉽게 잊히지 않는 문제와 나의 일상 자체를 정지시켜 버리는 문제는 해답 뿐만 아니라 원인 역시 알아내야 한다. 원인을 알아내는 방법 중 하나가 많은 사람들의 경험담이 담긴 책이었다. "나 혼자 겪는 일이 아니었구나!"라는 공감을 할 수도 있고, 나보다 먼저 원인과 해답을 찾은 사람들의 일상을 엿볼 수도 있다. 그들이 걸어온 대로 나 역시 걷다 보면 나의 일상을 정지시켜 버린 문제의 해답을 찾아낸다.

많은 책을 읽고 서평을 쓰다 보면 나의 이야기로 글을 쓰고 싶어 진다. 재테크 책을 읽고, 서평을 쓰고, 그들이 걸어온 길에 나의 노하우가 보태져 나만의 재테크 이야기가 생겨나게 된다. 그들이 경험한 것들을 나누고 싶어 하듯 나 역시 나의 재테크 노하우가 나와 비슷한 상황의 사람들에게 도움이 되었으면 하는 생각에 글을 쓰고 싶어 진다. 그리고 글을 쓰고 있다. 한 사람에게라도 도움이 될 수 있다면 하는 마음으로 글을 쓰고 있다. 재테크를 하면서 재테크 지식만큼 중요한 것이 나의 마음 챙김이다. 마음을 챙기지 못하면 일상은 부정적인 감정들에 휩싸여 아무것도 하기 싫은 무기력한 사람이 되어 버린다. 집에서만 있는 전업주부는 남편과 아이들 가끔 만나는 아이들 친구 엄마들의 관계만 생각하면 된다. 하지만 재테크를 시작하게 되면 그동안 만나지 못한 업종의 사람들과 만나게 되고 살아가면서 보지 않아도 될 사람들까지 만나게 되는 경우가 많다. 그렇게 만나는 사람들이 나의 성향에 맞는 사람들만 있다면 좋겠지만 현실은 그렇지 않다. 그렇게 사람들과 어울리다 보면 의도치 않게 상처 되는 말을 듣기도 하고 반대로 내가 상처 주는 말을 하기도 한다. 멘탈이 강한 사람이라면 문제가 되지 않지만 나처럼 유리 멘탈인 사람은 마음 긁힌 상처로 힘들어한다. 유리 멘탈인 나는 상처 받은 일을 글로 적기 시작했다. 내가 겪은 상처를 마음 챙김 책에서 찾은 해답으로 글로 마음을 정돈 하기 시작했다.

생각 속에 머문 일들이 글로 표현되면서 더 선명해진다. 나의 잘못 되었던 행동들과 말들을 반성하게 되고 상대방의 상처 되는 행동과 말들에는 상처 속에 오래 머물러 있지 않고 금방 다시 돌아올 수 있게 노력한다. 마음 챙김 서적에서 말하는 회복탄력성이다. 마음속의 상처나 우울한 감정 속에서 오래 머물지 않고 바로 돌아오는 회복 탄력성을 많은 감정 훈련 책 속에서 배웠고 그 방법을 나의 생활에, 나의 글 속에 그대로 담아 내려고 한다.

진실된 기억, 거짓된 기억

비가 오는 날이면 아주 오랜 추억들이 생각나고는 한다. 그냥 생각난 건데 때마침 비가 내리고 있었는지도 모르겠다. 그냥 비가 오니깐 오랜 추억들이 생각이 난다고 결론을 내려 본다. 날씨에 따라 나의 기분의 온도는 달라진다. 하늘은 구름 한 점 없는 하늘색 하늘에 맑은 날씨를 좋아한다. 그런 날에는 무얼 해도 잘되고 웬만한 실수들은 그냥 웃어넘길 만큼 관대한 내가 되어 있다.

반면에 우중충한 날씨를 별로 좋아하지 않는다. 특히 비가 내릴까 말까 고민 하는 날씨는 나에게는 최악의 날씨이다. 기분도 그 날씨를 따라 오락가락 하고 있으니 말이다. 비가 내려주면 그나마 좋다. 비가 내리는 풍경 속에 내가 잊고 살아갔던 추억들이 하나둘 소환되어 오기 때문이다. 그중에는 설익은 사랑을 하던 풋풋한 대학 시절의 연예도 있고, 더 오래전 기억 속에는 중학교 시절 한 학년 위인 오빠를 짝사랑하는 순수했던 나의 어릴 적 사랑 이야기도 생각난다.

'그때는 그랬었지.'

손발이 오그라지는 장면이 떠오르면 나의 머리를 좌우로 재빨리 흔들어 소환된 나의 추억을 흩트려 놓기도 한다. 혼자 미소를 지었다가 "어휴" 한숨을 쉬기도 하고 "뭐야~"라는 말을 내뱉기도 한다. 나 혼자 떠난 추억 여행은 현실에서는 이상한 사람으로 오해 받을 수 있다.

"엄마, 왜? 뭐하는데? 누구랑 얘기하고 있어?"

딸아이가 혼잣말을 하면서 웃고 있는 내가 이상해 보였는지 말을 건네기도 한다.

"아무것도 아니야~ 가서 놀아~!"라고 말을 던지고 다시 추억 여행을 준비해 보지만 다시 돌아가기 쉽지 않다. 억지로 추억 속으로 들어가려고 애쓰다 보면 나의 추억 속 기억들이 왜곡되기도 한다. 나를 찾아 주는 기억은 진실일 확률이 높지만, 내가 찾아가는 기억은 거짓일 확률이 높다. 뇌과학에 관련된 서적을 읽은 적이 있다. 그 책 속에서 사람들은 한 번도 경험해 보지 않은 자기 것이 아닌 기억을 마치 자기 기억인 것처럼 기억하고 살아간다고 한다. 어쩌면 우리가 기억하고 있는 것이 백 프로 나의 기억이라고 확신할 수 있을까?라는 의문을 갖게 해 주었던 책이었다. 나에게 유리하게 좋은 쪽으로 변형된 기억들이 나의 추억 속에도 어느 정도는 존재할 거라고 생각한다.

　내가 찾아가는 추억은 거짓일 확률이 높다.

　비 오는 날이면 찾아와 주는 옛 추억들이 반가운 추억만이 있는 것은 아니다. 기억하기 싫어 꽁꽁 묶어 두었던 기억들까지 소환되어 오기도 한다. 그런 기억들이 내 머릿속을 가득 채울 때면 나는 머리를 좌우로 흔들 뿐만 아니라 그 기억들은 나의 기억이 아니라고 강하게 부정하기도 한다.

　'이건 나의 기억이 아니야! 추억 소환 오류!'

　모든 기억이 나의 기억이 아닐 수도 있다는 뇌과학 관련 책 속의 이야기처럼 아픈 추억 속의 기억들은 내 것이 아니라고 부정해 버린다. 그렇게 부정된 기억은 오랫동안 나를 찾아오지 않는다. 내가 굳이 찾지 않는 이상 부정된 추억들은 흐릿하게 남는다. 어쩌다가 한 번씩 나타나기도 하지만 너는 나의 생각이 아니라고 막아버리면 금세 사라지게 된다. 어쩌면 나는 진실 된 생각일 수도 있고 그렇지 않은 거짓된 생각일 수도 있는 나의 추억들을 삭제해 버리고 있었다. 그렇게라도 반갑지 않은 추억들과 이별하고 싶었다. 그래야 내가 살 수 있을 것 같았다. 지나온 과거의 아픈 추억에 갇혀 사는 내가 아닌 현재 그리고 미래의 나를 위해 그래야 했다. 진실된 추억이든 거짓된 추억인 것은 중요하지 않다. 내가 살아가야 했기에 나는 강제적으로 나의 아픈 추억들을 왜곡시켜 버리기도 하고, 다른 사람의 기억이라고 내 것이 아니라고 삭제해 버리기도 했다.

아픈 기억을 잊어버리는 나만의 방법이었다.

저마다 가지고 있는 것들

　내 눈에는 촌스러워 보이는 자주 빛 봄꽃이 아파트 화단 한편에 옹기종기 피어 있었다. '이 꽃 이름은 뭐지?' 촌스러워 보이지만 눈이 계속 가는 꽃이 어떤 꽃인지 궁금했다. 보통 화단의 꽃과 나무에는 이름표를 붙여 놓는데 이 꽃은 이름표가 없었다. 요리조리 꽃을 보고 있으니 촌스러워 보였던 꽃이 내뿜는 달콤한 향기에 얼굴을 가리고 있던 마스크를 잠시 내려 꽃에 나의 코를 가져갔다. 들숨으로 꽃의 향기를 느끼고 있었다. '아이! 깜짝이야!' 꽃 속에서 꽃의 당분을 채취하고 있던 벌이 나의 얼굴을 향해 돌진하고 있었다. 나는 깜짝 놀라 두 손으로 나의 얼굴로 돌진하는 벌을 저지했다. 벌은 한두 번 나의 주위를 맴돌다가 나의 시야에서 멀어졌다. 그냥 꽃향기를 느끼고 싶었을

뿐인데……. 놀란 가슴을 진정시키고 핸드폰으로 촌스러워 보이지만 매력 있는 꽃을 사진으로 남겨 놓았다. 누군가에게는 예쁜 빛깔의 꽃으로 보일 수도 있다. 내가 촌스럽다고 생각하는 자주 빛 색을 띠고 있기에 나는 이 꽃이 촌스럽게 보이는 것이다. 개인 취향이다. 촌스러운 색을 가지고 있든, 세련된 색을 가지고 있든 봄꽃은 모두 향기롭다. 벌에게는 겨울 동안 부족했던 당분을 채취할 수 있는 소중한 당분 채취지 이기도 한 봄꽃은 어느 하나 필요 없는 꽃은 없다. 저마다 다른 향기와 색을 가지고 있지만 어느 하나 소중하지 않은 꽃은 없다.

어느 하나 소중하지 않은 꽃은 없다.

학교에 가지 않는 아이들이 집에서 EBS를 보며 가정 학습을 하고 있다. 나도 처음이고 아이들도 처음이다 보니 버벅 되기도 하고 집중하지 못하는 아이들 모습에 욱하기도 했다.

"엄마! 내가 싫어?"

둘째 아이가 갑자기 나의 얼굴을 빤히 쳐다보며 물었다.

"아니! 엄마는 우리 아들을 얼마나 좋아하는데! 왜 그런 생각을 했어?"

"칭찬은 하지 않고 혼내기만 하잖아! 누나만 칭찬해주고……."

EBS학습에 집중하지 못한 아이에게 시도 때도 없이 주의를 주었고, 여러 번 반복되는 잘못된 행동에는 큰소리로 훈육을 하기도 했다. 나도 최선을 다해서 보고 있다는 둘째 아이의 말에 누나와 똑같은 집중력을 바랐던 나의 어리석음을 알게 되었다. 한 번도 초등학교 수업을 들어보지 못한 아이에게 나는 너무 큰 것을 바라고 있었던 게 아닌지 모르겠다. 처음 접해보는 더하기 빼기가 어렵고 헷갈리는 것이 당연한 건데 내 눈에 쉬워 보인다고 이것도 모르냐 고 아이에게 윽박을 지르고 있었다. 나 역시 파이나 루트의 계산 식을 한 번의 설명에 풀 수 없는데 아이에게 더하기 빼기를 한 번의 설명에 풀라고 강요하고 있다. 내가 못하는 것은 생각하지도 않고 너는 무조건 잘해야 된다고 생각했다. 아파트 화단에 피어 있는 가지각색의 봄꽃들도 각기 다른 색과 향기를 가지고 저마다의 역할을 하고 있듯이, 우리 아이들도 수학을 잘할 수도 있고, 국어를 잘할 수도 있고, 그림, 노래, 축구, 한자, 춤 각기 다른 재능을 가지고 있을 수 있다. 아이를 보는 눈을 좀 더 크게 뜨고 옆도 보고 뒤도 보고 저기 멀리 있는 곳까지 두루두루 보기로 했다. 이제껏 나는 작은 눈으로 아이를 바라고 있었다. 우리 아이가 가지고 있는 소중한 재능들을 볼 수 있는 큰 눈을 가지고 지금과는 다른 시선으로 아이를 바라보기로 했다. ebs 가정 학습은 아이가 적응할 수 있는 시간을 충분히 주기로 했다.

어느 하나 소중하지 않은 재능은 없다.

나로 살기로 했다

아이들이 어린이집에 다니면서 가족 인적 사항을 적는 안내장을 한 장 받아왔다. 가족이 몇 명인지? 엄마 아빠의 나이와 직업은 무엇인지? 어디에 살고 있는지? 우리 가족의 정보를 적어 내야 한다. 남편의 직업은 누가 봐도 뚜렷한 경제 활동을 하고 있어서 자영업이라고 적는다. 엄마의 직업 란에는 애매한 나의 직업들로 뭐라고 적을지 고민을 하게 된다. 프리랜서 웹디자이너로 일을 하고 있었지만 활발한 경제 활동을 하는 것도 아니고 가뭄에 콩 나듯 하는 일이라 직업이라고 쓰기에는 애매했다. 공인중개사 자격증은 있지만 아직은 중개업을 업으로 하고 있지 않으니 공인중개사라고 적기에도 애매하고 매일 글을 쓰고 있지만 딱히 작가라고 하기에는 정식으로 출간한 책이 없어서 작가라고 말하기도 애매했었다. 수익형 부동산 투자로 월세를 받고 있지만 부동산 투자자라고 말하기에는 더더욱 애매한 나의 직업들. 결국에는 엄마의 직업은 주부로 적는다. 나의 애매한 직업들을 대신해 주는 엄마의 직업은 주부였다. 나의 정체성을 찾고자 쉼 없이 공부를 하고 도전을 했지만 정작 나에게 남아 있는 것은 나의 직업이라고 말하기는 애매한 것들이 대부분이었다.

"요즘 뭐하니?"

오랜만에 만난 지인 A가 나에게 물었다.

"그냥 이것저것 하면서 지내고 있어!"

오랜만에 만난 지인에게도 딱히 나의 직업이라고 말할 수 있는 것들이 애매했다. 분명 나는 웹디자이너로, 공인중개사로, 작가로 쉼 없이 무언가를 하고 있는데 눈에 띄는 결과물이 없다 보니 직업이라고 말하기가 애매했다. A는 결혼 전부터 대형 병원 간호사로 근무하고 있었다. 지금은 경기도 일산에서 일을 하고 있다. 10년이 넘게 일을 하다 보니 병원에서도 실력을 인정받으면서 일을 하고 있는 것 같아 보였다. 내가 가지지 못한 것에 대한 부러움이었을까, A의 말투와 행동에서는 당당함이 보였다.

"요즘 애들은 집에 있는 엄마보다 일하는 엄마를 더 좋아한다고 하더라! 너도 더 늦기 전에 일을 찾아봐!"

A는 더 늦기 전에 나만의 일을 찾아보라고 했다. A의 말이 나를 위한 말이란 것을 알고 있었지만 기분이 썩 좋지는 않았다. 나름 열심히 공부하고 노력해서 얻어낸 애매하지만 나만의 직업들이 부정 당하는 것 같았다. 나는 A에게 나의 애매한 직업들에 약간의 조미료를 치기 시작했다.

"나 요즘 글 쓰고 있어! 어느 정도 글들이 쌓이면 책도 낼 계획이야! 정식 출판은 아니지만 내가 쓴 글로 책도 한 권 만들었어!"

"정말?"

A는 나의 말에 놀란 듯 보였다. 공인중개사로 잠시 일을 하다가 아이들 때문에 쉬고 만 있다고 생각했던 내가 글을 쓰고 책까지 낼 계획을 하고 있다는 것에 놀란 듯 보였다. 애매했던 나의 직업에 조미료를 약간 더하니 아무렇게나 보였던 나의 직업들이 누군가에는 부러운 직업으로 보이기 시작했다.

"야~ 부럽다! 아이들 보면서 글도 쓰고 대단하다야! 책은 언제 나와?"

A와 나는 각자가 가지고 있는 직업에 대한 부러움에 대해 이야기를 했고, 아이를 키우면서 일을 하고 있는 우리의 삶을 응원했다. A와 이야기를 나누고 있다 보니 정말 내가 작가라는 직업으로 글을 쓰고 있는 것 같았다. 매일 글을 쓰고 있으니 틀린 말은 아니었다. 틀린 말

이 아니라고 믿고 싶었다.

작가는 문학작품, 사진, 그림, 조각 따위의 예술품을 창작하는 사람을 뜻한다.

A와 헤어지고 돌아오는 버스 안에서 부끄러운 감정이 밀려오기 시작했다. 애매했던 나의 직업들을 어쩌면 나 자신이 그렇게 만들어 놓았는지도 모른다는 생각이 들었다. 왜 모든 것에 좋은 결과를 가져와야 된다고 생각을 했을까? 사람들의 시선으로 나의 직업을 평가하고 있었던 나 자신의 어리석음을 알아채고 밀려오는 부끄러움은 온전히 내가 감당해야 했다.

내가 문제였다. 모든 문제의 원인은 나에게 있었다. 내가 만든 문제이니 해답 역시 나에게서 찾기로 했다. 초등학생 시절부터 나는 보여주기 식 공부를 하고, 누군가 에게 칭찬 받기 위해 글짓기 대회에 나가고, 그림 그리기 대회에 나가 상을 받고자 노력했다. 나를 위한 것들이 아닌 다른 사람들의 시선에 나를 맞추며 살아가고 있었다. 대학을 졸업하고 직장을 선택하는 것조차 내가 좋아하는 일보다는 다른 사람들이 좋다고 생각하는 회사를 선택했다. 신혼 초 내가 생각했던 것과 다른 결혼생활에 마음의 병이 생기면서 뭐라도 하지 않으면 살수 없을 것 같아 선택했던 나의 공부와 독서로 얻게 된 나의 직업들이 나를 많이 성장시켰다고 생각했다. 그런데 막상 나의 직업이 뭐냐고 물어보는 아이들이 가져온 설문지에 나는 당당히 나의 직업을 적지 못했다. 오랜만에 만난 지인이 요즘 뭐하고 지내냐는 물음에 나는 솔직하고 당당하게 나의 직업을 말하지 못했다. 결과가 없는 나의 직업들에 "어떤 책 쓰셨어요?"라고 말을 걸어올까 봐 두려웠던 게 사실이다. 나는 초등학생이었던 그때처럼 나로 살기보다는 타인의 시선 속에서 아직 살아가고 있었다. 이제는 타인의 시선 속에서 허우적대던 나를 버리고 나의 시선 속에서 나답게 살아가기로 했다.

이제는 타인의 시선 속에서 벗어나 나로 살아가기로 했다.

내 직업은 공인중개사, 작가이다. 가끔 블로그 스킨을 제작해주는 웹디자이너일도 하고 있다. 소소한 재테크로 종잣돈을 만들어 월세가 나오는 수익형 부동산에 투자하는 초보 부동산 투자자이기도 하다. 나는 이제 애매한 직업을 가지고 있는 주부가 아닌 공인중개사, 작가라는 직업을 가지고 있는 일하는 엄마로 다시 시작한다. 둘째 아이가 초등학교에서 받아오는 가족 인적사항란 엄마의 직업란에는 주부가 아닌 공인중개사, 작가라는 직업을 적을 수 있도록 나는 나의 직업에 당당해지기로 했다. '시작이 반이다' 라는 말을 나는 참 좋아한다. 할까말까 고민 하는 나에게 '그냥 일단 해보자' 라는 용기를 주는 것 같아 좋다.

나로 살아가기로 한 나를 격하게 응원한다.

나의 글쓰기

그냥 글을 쓰고 있다. 매일 글을 쓰는 것이 중요하다는 말을 듣고 매일 글을 쓰고 있다. 무슨 내용을 써야 할지 도저히 생각이 나지 않는 날은 한 시간 동안 한 줄도 못쓰고 그냥 노트북이 꺼지지 않게 한 번씩 마우스만 움직여 주고 있다. 한 시간이 넘도록 아무 생각이 없다가도 순간 떠오르는 생각을 글로 적고 나면 30분도 안돼서 글이 쓰인다. 글의 내용이나 완성도는 나의 만족이다. 어떤 날은 내가 나의 글에 감동 받아 눈물이 나려 하기도 했다. 하지만 다른 사람들에게는 그 글은 감동을 주지 못했다." 이런 글도 글이 될 수 있을까?"라고 생각했던 글이 다음 메인이나 브런치 메인에 소개되면서 조회수가 올라가기도 했다. 내가 좋아하는 나의 글과 다른 사람들이 좋아하는 나의 글은 차이가 있는 것 같다. 그 차이를 알 수는 없지만 안다고 한들 딱히 나의 글쓰기가 달라지지 않는다. 나는 그냥 글을 쓰고 있다. "글을 쓴다고 다 작가니?" B가 내가 브런치 작가로 글을 쓰고 있는지 모르고 나에게 한 말이다.

나의 글은 창작되고 있는 글이다. 그러니 글을 쓰는 작가이다. 책을 출간하고 글을 쓰고 있으니 작가이다. B와의 논쟁은 각자의 생각을 존중해주기로 하고 마무리되었다. 오늘도 나의 의식의 흐름대로 써 내려가는 글들이 서랍 속에 쌓여가고 있다. 나는 매일 그냥 글을 쓰고 있다.

새벽에 일어나 20분 명상과 스트레칭을 마치고 10년 전 에어컨 구매로 받은 장미 문양이 그려져 있는 로열알버트 찻잔에 달달한 믹스 커피를 한 잔 타서 노트북 앞에 앉는다. 오늘도 나는 새로운 글을 쓰기 위한 준비를 한다. 전날 밤 잠자리에 들기 전 오늘 써야 할 글의 주제를 생각한다. 하지만 90%는 정해놓은 주제로 글이 쓰이지 않는다. 분명 좋은 글이 될 수 있을 것 같은 기대감을 가지고 잠이 들지만 막상 노트북 앞에 앉으면 별 볼 일 없는 주제가 되어 버린다. 한 시간이 넘도록 썼다 지웠다를 반복하다가 겨우 써 내려가는 글은 나의 글쓰기에 관한 내용이다. 글이 잘 쓰여지지 않을 때는 대부분 나의 글쓰기에 관한 생각을 글로 적는다. 브런치에 글을 쓰면서 나의 글쓰기에 대한 생각으로 쓴 글이 여러 개 더 있다. 그 글들은 지금과 같이 어떤 글을 써야 할지 모를 때 지금의 나의 마음을 그대로 표현하면서 써내려 갔던 글들이다.

  그냥 그럭저럭 잘 살아가고 있다는 나의 일상을 응원하기 위해 '그냥 살아요'매거진을 만들어 글을 써 내려가고 있다. 지인들의 성공적인 투자 소식을 듣거나, 새롭게 일을 시작한 지인들이 월급 받은 기념으로 나에게 주는 선물이라는 제목 아래 명품 가방 사진이 sns에 올라오면 나는 가끔 나의 그냥 그냥 일상에 우울한 감정이 더해진다. 부럽기도 하다. 내 것이 아닌데 내 것이고 싶은 욕심도 생겨난다. 나는 왜 저렇게 살지 못했지?라는 후회도 하게 된다. 나와 그들과는 다른 환경 속에서 다른 삶을 살아가고 있는데 그들의 좋은 것만 내 것으로 만들고 싶어 진다. 세상을 살아가면서 아는 것보다 모르고 살아가는 것이 나에게 더 이로울 때가 많다. 나는 지인들의 sns를 보지 않기로 했다. 자기 계발 책들을 읽으면서 수없이 다짐하고 다짐해도 지인들의 잘 사는 일상에 나의 그저 그런 일상이 초라해 보이는 것은 어쩔 수 없었다. 얼마나 더 많은 자기 계발 책들로 나의 멘탈을 강화시켜야 할지…….
  이기고 싶다는 욕구를 버리면 모든 것이 잘 풀린다.

나의 글은 제목을 먼저 정해 놓고 쓰는 글이 아닌 글을 다 적고 난 다음 제목을 정한다. 지금 생각해 보면 제목을 정해 놓고 그 제목에 맞추어 나의 이야기를 풀어내는 것이 더 나은 방법이 아녔는가 생각이 든다. 그래서 이제부터 제목을 먼저 정해놓고 나의 글을 써 내려가 볼 생각이다. 새로운 글쓰기 방법으로 글을 써보기로 했다. 이기고 싶어 라는 욕구를 버리고 담담히 나의 글을 쓰기로 했다.

할 건 하면서 생각하자

따로 생각할 시간을 갖는다고 딱히 해결책이 나오진 않는다.

한동안 글이 잘 쓰이지 않았다. 글쓰기 능력 부족도 있었지만 노트북 전원을 on 할 시간이 없기도 했다. 다른 이들처럼 너무 일이 바빠서. 새로운 무엇인가를 시작하게 되어서. 글 쓰는 일보다 더 중요한 일이 생겨서. 등의 일이 생긴 것이 아니었다. 나의 일상은 별다른 변화가 없었다. 몸이 바빠 시간이 없어 글을 쓰지 못하는 이들과는 다르게 나는 정신이 바빠 글을 쓰지 못했다. 여러 가지 생각들로 머릿속이 바빴고. 마음이 바빴다. 나의 앞날이 걱정이 되기도 하고. 아이들의 미래가 걱정되기도 하고. 남편의 영업장이 걱정되기도 하고. 우리나

라의 경제가 걱정되기도 하고. 그냥저냥 걱정거리들이 많았다.

그렇게 한동안 걱정거리들로 생각이 바쁜 일상을 보내고 있자니 해야 할 것들을 놓치고 지나가는 일들이 생겼다.

"내일 하면 되지 뭐!"

"조금만 더 생각 좀 해보고."

"좀 자다가 일어나서 해야지!"

그렇게 하나둘 미루고 나니 서평 작성할 책들이 4권이나 쌓였다.

서평 책부터 먼저 읽어 내야 했다. 머릿속은 여전히 이런저런 생각들로 바쁘고 책은 읽고 있지만 어떤 내용인지 머릿속에 들어오지 않았다. 그렇게 100페이지 정도의 책을 읽고 난 뒤부터 조금씩 글들이 보이기 시작했다. 바쁜 생각들로 분주했던 나의 머릿속도 잠시 고요를 찾은 듯했다.

자신의 귀찮음을 모두에게 n분의 1의 불편함으로 전가하면서.

나의 귀찮음을 다른 이들의 불편함과 나눠 가지고 있다는 책 속의 문장에 소란스럽게 움직여대던 생각들이 잠시 멈춰졌고. 그때부터 온전히 책 속과의 이야기를 시작했다.

갑자기 모든 것이 무기력해지고 '나는 누구지?'라는 의문을 가지게 되는 그런 알 수 없는 시간이 나에게 찾아올 때가 있다. 그때마다 나는 생각 속의 바쁨에 빠져 아무 일도 하지 않으려 하고 나에게 생각할 시간이 필요함을. 나에게 잠시 조용히 쉴 수 있는 공간이 필요함을 소극적으로나 적극적으로나 표현한다. 청소를 하지 않거나. 반찬의 개수가 줄어들거나. 침대에 누워 있는 시간이 늘어나거나.

바쁜 생각을 멈추게 해 주었던 책 읽기. 이번에도 책을 통해서 답을 찾게 되었다. 답을 찾고자 읽었던 책이 아니라 서평 작성을 위해 읽었던 책이었지만 바쁜 생각에 빠져 아무것도 하지 않던 나에게 "너 그렇게 하면 안 돼!"라고 말을 건네는 문장에 평온한 마음이 허락되었다. 그렇게 쌓여 있던 책들을 읽고 서평을 작성하면서 보이지 않던 아이들의 반찬이 보이고, 꼬질해진 아이들의 얼굴이 보이기 시작했다. 두 권의 서평 작성을 마치고 아이들이 좋아하는 계란찜과 멸치볶음을 후딱 만들어 놓은 뒤 욕조에 물을 받아 아이들이 물놀이를 하게 해 주었다. 물놀이가 끝난 뒤 타월에 거품 젤을 듬뿍 짠 다음 구석구석 아이들 몸을 씻기고, 땀 냄새로 범벅되었던 머리도 목화향이 나는 샴푸로 깨끗이 씻겨 주었다.

목욕을 끝내고 계란찜과 멸치 볶음, 시금치 무침으로 차려 진 아이들 밥상에 갓 지어낸 흰 쌀밥을 적당량 그릇에 덜어 놓았다. 깔끔해진 아이들의 모습과 적당히 차려 진 아이들의 저녁 밥상을 보고 있으니 마음이 편안해지고 이것이 행복이지 별거 있어 라는 생각이 들었다.

주기적으로 찾아오는 무기력함을 마주할 때마다 그냥 살아내 보기로 했다. 청소를 하면서 생각을 하고. 빨래를 하면서 생각을 하고. 책을 읽으면서 생각하기로 했다. 따로 생각할 시간을 갖지 않고. 생각할 장소를 찾지 않기로 했다. 그냥 살아가면 살아진다는 말처럼 무기력하면 무기력한 대로 그냥 할 것은 하면서 살아가기로 했다. 뭐 딱히 생각할 시간을 갖는 다고 좋은 해결책이 나오지 않는다는 것을 알았기에 그냥 살아가기로 했다.

무조건 GO

10년 전에 못했다고 후회한다면 지금 해야지.

한 줄의 글도 쓰이지 않는 날이 있다. 쓰고 지우고를 반복하다가 보면 어느새 시간은 저만치 지나고 있다. 생각이 너무 많아도 글이 써지지 않고. 잘 쓸려고 애쓰는 날에도 글은 잘 써지지 않는다. 아예 한 줄도 쓰지 못하고 글을 쓸 수 있는 시간을 그냥 흘러 보낸다. 나에게는 글을 쓸 수 있는 시간이 새벽 4시~아침 7시까지이다. 아침 7시가 되면 아이들이 잠에서 깨어나 나를 찾기 시작하기에 글을 쓰는 것이 쉽지 않다. 아이들의 목소리를 무시하고 꾸역꾸역 글을 쓰기도 하지만 그 글은 어디로 가는지. 알 수 없는 길을 향해 가기도 하고. 급 마무리가 되는 글이 되기도 한다.

　내가 쓴 글들을 읽을 때면 유독 급하게 마무리가 되는 글들이 많다. 그 글들을 읽으며 아이들이 일어난 시간이구나. 아이들이 나에게 다가와 말을 건넸던 시간이구나. 생각하며 피식 웃음이 나기도 한다. 한참 글쓰기에 빠져 글이 술술 쓰여질 때는 아이들의 방해가 달갑지 않게 다가왔지만. 이것 또한 내 것이고. 나에게 주어지는 시간이라고 생각하고 나니 그냥 적응하게 되었다.

　애쓰면서 쓰고 있던 글보다 애쓰지 않고 편안히 써 내려갔던 나의 글에서 나는 더 위로를 받기도 한다. 나는 가끔 내가 쓴 글들을 다시 읽기도 한다. 나의 글 대부분은 힘들었던 순간들에서 벗어나기 위해. 도망치기 위해. 애썼던 순간들을 글로 기록하면서 스스로 마음을 치유하기도 하고. 해답을 찾기도 했다. 그런 나만의 방법들이 고스란히 저장되어 있는 글들 속에서 나는 잠시 잊어버렸던 답들을 다시 찾아내고는 한다.

　"그래, 그때 이렇게 했었지! 이렇게 하면 되겠네!"

　"내가 십 년만 젊었어도."

　지나온 시간을 후회하면서. 지금 현재에는 하지 않을 거라는 전제를 두고. 십 년만 젊었어도 할 수 있을 거라는 착각을 하면서 살아간다. 그때 하지 못함에 후회를 한다면 지금 당장 시작하면 되는데 나이 때문에. 시간이 없어서. 지금 와서 뭘 하겠어? 라는 말로 십 년 전으로 돌아갈 수 없는 현실을 무기 삼아 지금의 게으름을. 나약함을 포장하고 있다.

지금도 지나고 나면 과거의 시간 속에 있을 건데 이 또한 " 그때 했어야 했는데! 그때 해야 했어!"라고 지나온 과거의 시간을 후회하고. 한 살이라도 젊었다면. 이라는 말로 또다시 후회를 하고 있겠지.

지금 내가 살고 있는 시간이 내 인생에 제일 젊은 시간이라는 말이 있다. 내일이면 나는 또다시 내가 살아온 시간이 더해 지면서 눈가에 주름이. 흰머리가 생겨날 것이다.

하고 싶은 일이 있다면. 하지 못해서 후회되는 일이 있다면 1분이라도 젊을 때. 지금 바로 이 순간. GO

글이 너무 쓰이지 않던 날 새벽. 그래도 나의 또 다른 시간이 기록되었다. 글이 쓰이지 않아 지우고 쓰고를 반복하면서 어떻게든 쓸려고 애썼던 마음이 보인다. 글이 쓰이지 않지만 쓰고 싶었기에. 오늘 글이 안 써진다고 그냥 노트북을 덮어 버린다면 분명 글을 쓰지 못했음에 후회하고 있는 내가 보였기에. 앞뒤 내용도 맞지 않는 글을 그냥 꾸역꾸역 쓰고 있다. 지금 나에게는 쓰는 것이 중요하다. 잘 쓴 글들만 쓰는 게 아니라. 어떤 글이라도 써야 한다.

Part 3.

인생은 원래 그런거야

우물 밖의 세상은?

　'우물 안 개구리'라는 문장을 처음 들었던 건 중학교 국어 시간이었던 것 같다. 더 일찍 어디 선가 들은 말일 수도 있지만 내 기억 속에는 중학교 국어 시간이 맞는 것 같다. 국어 선생님은 서울에서 태어나서 서울 근교 학교에서 대부분 근무를 하셨다고 했다. 내가 살던 시골 중학교는 한 반 밖에 없는 아주 작은 학교였다. 전교생 모두 합해 세 반이니 웬만한 선후배는 다 알고 있다. 시골의 작은 중학교지만 그 속에서도 잘하는 학생, 그저 그런 학생, 못하는 학생으로 나누어진다. 우리 반에는 쉬는 시간까지 열심히 공부한 C가 있었다. C는 노력한 만큼의 결과를 얻지 못해 매번 시험이 끝나고 시험 성적표를 받으면 옆

드려 울고는 했었다. 나는 그냥 그저 그런 학생이었던 지라 C의 행동이 이해 가지 않았지만 안쓰러워 보이기는 했다. 내 눈에 보인 C는 정말 열심히 공부를 하는 것 같은데 왜 결과는 좋지 않은지……. 나 뿐만 아니라 우리 반 아이들의 풀리지 않은 미스터리 중 하나였다. 그런데 중간고사인지 기말고사인지 정확히 기억은 나지 않는데 중학교 2학년 가을 아니면 봄이었던 것 같다. 그 당시의 내 기억 속의 우리 반아이들의 모습은 긴팔을 입고 있었지만 두꺼운 외투를 입은 친구는 없었다.

우리 반 담임 선생님이기도 했던 국어 선생님이 시험 성적표를 들고 들어 오셨다. 매번 10위권 언저리에서 방황하던 C가 우리 반 5위권 안에 들어갔다는 말을 하시면서 축하 박수를 유도했다. 열심히 했으니 C의 등수가 올라간 건 당연한 결과라고 생각했다. 그리고 국어선생님은 '우물 안 개구리' 이야기를 해주셨다.

깊은 우물 안에서 태어나고 자란 개구리는 당연히 우물 안이 세상의 전부라고 믿고 있다. 좁은 우물 안에서만 살았으니, 넓은 세상이 있다는 것을 알 길이 없었다. 세상에는 우물 안에서 본 이끼, 우물물밖에 없고, 하늘은 우물 구멍으로 보이는 그 크기가 전부라고 생각했다.

세상에는 내가 모른 것도 많고 나보다 뛰어난 사람도 많다.

국어 선생님이 근무하셨던 서울 근교의 중학교는 한 학년에 열 반이 넘는 경우도 있었다고 한다. 한 반 밖에 없는 우리 학교에서 1등은 서울 근교의 중학교에 가면 10위권 안에 들어가지 못할 수도 있다는 말도 함께 하셨다. 우물 속에서 우물 안 세상만 바라보는 개구리처럼 우리 반에서 수단 방법 가리지 않고 1등이 되려고 하지 말라고 하셨다. 세상에는 내가 모르고 있는 것도 많고 나보다 뛰어난 사람들도 많다는 말도 하셨다. 갑자기 국어 선생님은 왜 성적표를 나눠주면서 그런 말을 했을까? 건너 건너 들리는 말 중에는 그 해 우리 반이 치른 시험에 누군가 커닝을 했다고 하는 카더라 소문이 돌기 시작했다. 누가 커닝을 했는지는 국어 선생님과 커닝한 학생만이 알고 있었다.

나름 열심히 살아가고 있다고 생각했는데... 기대한 만큼 결과들이 나와주지 않으니 슬럼프가 온 것처럼 무기력했다. '시간이 돈이다'라는 명언을 되뇌었던 나인데 침대에 누워 이리 뒹굴 저리 뒹굴하면서 돈보다 귀하다는 시간을 그냥 의미 없이 흘러 보내고 있었다.

침대에 누워 스마트폰으로 브런치 작가들의 여러 글들을 읽기 시작했다. 지금 나의 기분을 대변 해주는 글들에 공감이 되기도 하고, 너무 잘 쓴 글들에 이제껏 내가 쓴 글들이 초라해 보이기도 했다. "우물 안 개구리였구나~" 세상에는 재능이 뛰어난 사람들이 넘쳐 나고 있다. 내가 가고자 했던 길을 먼저 가고 있는 사람들도 있었고, 내가 가지고 싶었던 재능을 가진 분도 계셨다. 우물 속의 개구리처럼 우물 안만 쳐다보고 있으면서 "이 정도면 열심히 한 거 아니야."라고 자만하고 있었다. 세상은 넓고 잘 쓴 글들은 많았다. 어릴 적 중학교 국어 선생님의 우물 속 개구리의 이야기가 마흔이 되고서 야 마음속에 와 닿았다.

솔직히 중학교 시절에는 우물 안에 서라도 만족하고 살면 나는 우물 속 개구리도 괜찮다고 생각했다. 꼭 우물 밖으로 나올 필요가 없다고 생각했었다. 중학교 시절 내가 그저 그런 학생으로 살아가는 것을 만족하며 살았던 것처럼.

하지만 지금 나는 우물 밖의 세상이 궁금해졌다.

마흔은 처음이라

요 며칠 바람이 매섭게 불고 있다. 베란다 창밖의 나무들을 모두 휩쓸고 어디론 가 데려가려는 듯 쉬지 않고 매서운 바람이 불고 있었다. 날씨도 제법 쌀쌀해져서 베이지 색 바탕에 빨간 줄무늬가 그려져 있는 카디건을 입고 거실 소파에 앉아 있다. 몇 달 차이로 30대에서 40대 문턱에 들어선 나는 요즘 추위에 약해졌다. 아프지 않았던 무릎도 날씨가 우중충한 날이면 조금씩 쑤시기도 한다. 얼굴에 난 뾰루지를 살살 달래서 톡 터트리고 나면 며칠이면 딱지가 생겨나고 언제 사라졌는지 모르게 사라졌던 상처도 지금은 몇 주째 발갛게 달아올라 고춧가루 알맹이가 묻어 있는 것처럼 보여 신경 쓰인다. 불과 4~5개월 밖에 지나지 않는데 30대와 40대의 몸의 변화가 이렇게 눈에 띄게

확 차이가 나는 거야?라는 의문을 가지게 되는 요즘이다. 나 보다 먼저 40대 문턱을 밟고 저만치 중년의 삶을 살아가고 있는 동네 언니들의 말이 생각이 난다.

"야! 너 내년에 마흔 살 아니야? 30대 때랑 마흔은 확 차이 난다! 거짓말 같지? 곧 느낄 거야!!"

나는 지금 확 느끼고 있는 중이다.

10대 때는 20대가 되면 하고 싶은 거 다하고 살아야지 하고 생각했다. 20대 때는 30대가 되면 성숙한 어른이 되어 있는 나를 상상했었다. 30대 때는 40대가 되면 실 바람에도 흔들리지 않은 굳건한 마음을 가질 수 있을 거라고 생각했다. 하지만 중년의 문턱에 들어선 내가 깨달은 것은 지금까지 내가 생각한 대로 모든 것이 이루어지지 않았다는 것이다. 마흔이 된 지금 나의 마음은 베란다 창문으로 보이는 거 세게 불어대는 바람에 미친 듯이 흔들어 대는 나뭇가지처럼 흔들리고 있다. 누군가 마흔은 앞으로 살아갈 나를 바라보는 게 아니라 내가 지나온 길을 바라보면서 살아가는 나이 라고도 말한다.

시간이 지나면서 저절로 채워지는 나이와 지혜는 비례하지 않는다는 말을 딸아이의 말을 통해서 알게 되었다.

생각 속에 잠겨 아무것도 하지 않고 침대에 누워있는 나에게 딸아이가 다가와 말을 건넸다.

"엄마 가만히 누워있는다고 일이 해결되지는 않아! 뭐라도 해! 그러면 뭐라도 하게 되잖아!"

아홉 살 딸아이의 말에 캄캄한 머릿속에 환한 전구 불이 켜진 듯했다. 그냥 가만히 누워 있으면 아무것도 달라지지 않는다. 창문을 열고 집안의 청소라도 하면 집안의 깨끗한 공기가 변화 게 된다. 요가 매트를 깔고 10분만이라도 스트레칭을 하면 굳어 있던 나의 근육들이 유연성을 얻게 된다. 나는 그때 딸의 말대로 침대에서 일어나 뭐라도 했다. 그냥 움직였다. 아홉 살 딸아이의 말에 나는 용기를 얻었고 위로가 되었다.

나이와 지혜는 비례하지 않는다.

마흔의 문턱에 서서 변화된 나의 관절들과 상처들의 재생 능력에 마흔은 처음이라 당황했다.

마흔이 되면 굳건한 마음, 흔들리지 않은 마음을 가질 수 있을 거라는 기대감과는 달리 더 소란스럽게 변해 버린 마음에 당황했다. 마흔이 처음이다 보니 혼란스러운 것은 당연한 건데 마흔이라는 숫자에 그러면 안 되는 거라고 생각했다. 어른이니깐, 나이를 먹을 만큼 먹은 어른이니깐... 마흔은 이제껏 채우면서 살았던 나에게 채운 것을 하나둘 내려놓고 살아가야 된다고 말하고 있다. 누구나 지나가는 마흔의 문턱에서 욕심 부리며 채우려 하지 말고 그냥 강물이 바닷물로 자연스레 흐르는 것처럼 나의 마흔도 자연스레 흘러 쉰이 되고 예순이 되면서 삶의 바다에 자연스레 만나기를.

잘못을 인정할 수 없을 때

　남편과 나의 소비 습관은 정반대이다. 남편은 이왕 사는 거 한 번에 지출되는 금액이 크더라도 성능이 좋고 오랫동안 사용할 수 있는 것에 소비한다. 나는 최대한 저렴한 것에 집중한다. 성능도 중요하지만 나는 최저가에 더 초점을 두고 소비한다. 둘의 소비 습관에 옳고 그름은 없다. 자기 취향이고 자기만족이다. 각자의 취향대로 소비를 하고 소비된 물건을 보고 만족하는 것이다. 하지만 만족도의 횟수를 보면 나보다는 남편 쪽의 만족도가 높다. 나는 열 번 소비를 하면 2~3번 만족한다. 싼 게 비지떡이라는 말이 괜히 있는 것이 아니다. 하지만 나는 여전히 최저가 소비를 선호하고 있다. 취향이라는 말로 포장

한 고집이다.

둘째 아들 운동화를 구매하기 위해 최저가 검색을 누르고 인터넷 쇼핑을 했다. 디자인도 예쁘고 발도 편해 보이는 운동화가 80% 세일을 진행하고 있었다. 세일이 진행되는 운동화는 운이 좋으면 원하는 사이즈를 구매할 수 있지만 대부분 크거나 작거나 하는 사이즈가 대부분이다. 그날도 역시 나 큰 사이즈의 운동화밖에 남아 있지 않았다. 다시는 오지 않을 가격이라는 문구에 나는 내년이나 후년에 신을 생각으로 아들의 발보다 두 사이즈가 큰 신발을 구매했다. 그리고 지금 바로 신을 수 있는 신발도 하나 구매했다. 한 사이즈 정도 큰 걸 주문하고 싶었지만 사이즈가 없어서 저렴한 가격에 이끌러 딱 맞는 운동화를 주문했다. 그리고 2개월 동안 밖에 외출할 일이 없었고 새로 산 운동화를 신을 기회가 없어 가격표를 그대로 단 운동화를 상자에 넣어 신발장 한편에 넣어 두었다.

아이들과 가까운 공원에 잠깐 다녀오기 위해 새로 산 아들의 운동화를 꺼내 신겨보니 작았다. 2개월 전에는 딱 맞았던 운동화가 지금은 신을 수 없게 되었다.

"이왕 사는 거 옳은 거 사라고~!"

남편은 가격보다는 제품에 초점을 맞추라고 말한다. 나의 최저가 소비로 인해 이런 일이 한두 번이 아니었다. 아이들 옷은 크거나 작거나, 신발도 크거나 작거나.

초저가 검색으로 구매한 물건들이 꼭 나쁜 것만 있는 것은 아니다. 작년만 해도 비싸게 판매되었던 제품들을 세일해서 판매하는 경우들도 있어서 잘 구매하면 가정 경제에도 도움이 된다. 최저가 검색 소비로 미래의 투자를 위한 종잣돈도 모았으니 말이다.

하지만 좋은 물건을 저렴하게 구매할 수 있는 최저가 소비만이 옳은 소비는 아니다. 최저가 소비가 가져오는 문제점들을 보려고 하지 않은 것에서 문제들이 종종 발생한다. 아이 운동화를 구매하기 위해 소비된 금액은 신제품 운동화를 구매할 수 있는 금액보다 더 컸다. 이런 지출은 누가 봐도 바보 같은 지출이었다. 돈은 돈대로 쓰고 아이는 운동화를 지금 당장 신을 수 없으니. 크거나 작거나 한 신발은 있는 것도 아니고 그렇다고 없는 것도 아닌 아이러니한 상황이다.

크거나 작거나 이번 소비는 꽝이 구나. 잘못을 인정하면 발전한다. 최저가 소비실패를 인정하면 그 실패 속에서 배울 수 있지만 끝까지 인정하지 않으면 그냥 실패만이 남는다. 나는 그냥 줄곧 실패 속에 남아 있었다. 실패라는 단어가 무서워 실패가 아니라고 인정하지 않았다. 실패를 인정하지 않는다고 그 실패가 사라지거나 없는 일이 되는 것도 아니다. 그 실패를 사라지게 하기 위한 것은 인정하는 것 밖에 없다.

잘못된 소비로 쓰지 않아도 될 돈을 쓰게 되었던 것을 인정하게 되면서 실패는 더 이상 실패가 아니었다. 나의 잘못된 소비 습관을 알아차리기 위한 과정에 불과했다.

나는 이제 최저가 소비 만을 고집하지 않는다. 지금 소비에 최선의 소비가 어떤 것인지 생각하면서 소비를 한다. 다시는 어리석은 소비를 하지 않는 방법을 아이 운동화 구매 실패를 인정하면서 얻게 된 것이다.

완벽한 방법도 없고, 완벽한 나도 없다. 실수를 두려워하지 말자. 실수를 했다면 쿨하게 인정하자.

나 자신이 완벽하지 않음을 인정하자.

두려움에서 벗어나는 방법

문득 도로에서 달리던 차가 인도로 돌진해 걸어가는 나를 다치게 할 줄도 모른다는 생각을 했다. 빨간불 신호등에서 멈추어 서서 녹색 신호가 바뀌 지기를 기다리면서 혹시나 녹색 불에도 신호를 무시하고 달려오는 차에 내가 다치지는 않을까 두려워 모든 차가 횡단보도에 정차한 것을 확인한 뒤 건너갔다. 나는 횡단보도보다는 계단을 이용하는 육교가 좋다. 10초면 건너가는 횡단보도를 내버려두고 혹시하는 두려움에 1분이 넘게 걸리는 육교나 지하도를 선택한다. 신호등이 없는 길을 건너야 할 때는 한참을 기다린 뒤 차가 내 시야에 보이지 않으면 건넌다. 남편은 나보고 걱정 병에 걸렸다고 한다. 일어나지도 않는 일에 혼자 걱정하고 마치 그 일이 일어날 것 같은 두려움이 일상에 문제가 된다면 치료가 필요하지 않을까? 라는 말을 했다.

"너 혹시 자동차 사고 난 적 있니?"

"아니, 없는데."

나는 자동차 사고가 난 적이 없다. 하지만 도로에 달리는 자동차만 보면 그 자동차들이 나를 향해 달려들 것만 같은 두려움을 느낀다. 두려움에 약간의 감정의 미동은 있지만 숨을 쉴 수 없을 만큼 강한 반응은 아니다. 될 수 있으면 자동차가 달리는 도로가 의 길을 걷기보다는 자동차가 잘 다니지 않는 좁은 골목을 선택하는 것이 내가 자동차에 대한 두려움을 피하는 방법 중 하나였다. 나를 두렵게 하는 것들에서 벗어나는 것만이 차를 두려워하는 그 감정에서 벗어날 수 있었다.

나는 운전면허증이 없다. 세 번 정도 시도를 했지만 모두 필기만 치고 실기에서 포기하거나 사정이 생겨 자동차 핸들을 잡을 수 없었다. 마음만 먹으면 딸 수 있는 여러 자격증들과는 달리 운전면허증은 마음을 먹는다고 딸 수 있는 자격증이 아니었다. 운전면허증이 있는 여러 지인들은 이런 나를 이해하지 못한다.

"다들 처음에는 무섭고 혹시나 하는 생각에 두려워해~!"

누구나 처음에는 다 그렇다고 다시 한번 운전면허증에 도전하라고 말한다. 수십 번 머릿속에 그려본다. 내가 운전대를 잡고 많은 자동차 속에서 달리는 모습.

내가 운전을 하는 모습만 상상해도 조용했던 마음이 분주해지기 시작한다. 생각만으로도 두려움이 밀려와 나는 운전면허증에 관한 생각을 더 이상 하지 않기로 했다. 두려움에서 벗어나기 위해서 나는 운전면허증에 대한 생각을 피하기로 했다.

두려움을 피하기 시작했다.

어떤 문제이든 피하는 것이 해답이 될 수 없다는 것을 알지만 그 순간 만은 잊을 수 있어 피하는 방법을 선택했다. 그렇게 피하면서 나에게 두려움을 주었던 것들에서 벗어나기도 했고 잊히기도 했기에 괜찮은 방법이라고 생각했다. 그냥 피하면서 살면 될 거라고 생각했다. 문제와 두려움은 그대로 내 옆에 있는데 고개만 다른 곳으로 돌린 채 불편하게 걷고 있는 나를 보지 못한 채 두려움에서 벗어났다는 착각 속에서 그냥 살아갔다. 고개를 잠시 돌리다 보면 내 옆에 그대로 있는 불안과 두려움에 화들짝 놀라 다시 고개를 돌려 피한다. 불안과 두려움은 항상 내 옆에 있었다. 내가 보지 않으려고 했던 것 뿐이지 나를 항상 따라다니고 있었다.

두려움은 항상 내 옆에 있었다.

친구와의 다툼에서도 오해를 풀기 위해 친구와 대화를 하게 되면서 서로의 문제점을 안다. 그렇게 알게 된 서로의 문제점에 미안해하고 다음부터는 실수하지 말아야겠다는 다짐도 한다. 친구와 마주보며 대화를 시도 하면서 얻어낸 결과였다. 만약 친구와의 문제를 해결하려고 노력하지 않고 피하려고 만 했다면 그 친구와는 더 이상 친구 사이로 지낼 수 없었을지도 모른다. 친구에 대한 불편한 감정은 나의 마음속 어딘 가에 자리를 잡았을 것이고, 순간순간 친구에 대한 미안한 감정이 문득 찾아 올 것이며, 그때 왜 내가 친구와 대화를 하지 못했을까? 하는 아쉬움이 밀려 오며 고요했던 마음에 폭풍이 몰아 치며 불안한 마음과 마주했을 것이다.

두려움을 벗어나기 위해 두려움을 피하는 방법은 도돌이표 음표와 같다. 한 바퀴 돌고 또다시 돌아와 나에게 두려움을 보여주고, 불안을 남겼다. 멈추지 않는 한 무한 반복이다. 두려움을 피하는 방법은 무한대 반복되는 도돌이표 음표다.

이제부터 나는 두려움에서 벗어나기 위해 두려움을 정면으로 마주보기로 했다. 피하는 방법이 두려움을 완전히 사라지게 하지 않는다는 것을 알고 있었지만 두려움을 정면으로 바라 보는 것이 두려웠는지도 모른다.

삶이 자연스러운 흐름을 통해 내게 가져다주는 것을 그대로 수용하는 데에만 의지를 발휘하라고 마음먹었다.

삶이 더 잘 안다. 삶이 자연스러운 흐름을 통해 나에게 가져다주는 것을 그대로 수용하기로 마음을 먹으니 두려움에 요동치는 마음이 잔잔해졌다. 길을 가다 자동차 사고를 당하는 것이 내 삶에 이미 정해져 있던 것이라면 무엇으로 피할 수 있을까? 몇십 년 동안 나에게는 자동차 사고 없이 안전한 생활을 할 수 있는 삶이 이미 정해져 있다면 자동차들이 알아서 나를 피해 갈 거라고 생각했다. 삶이 흐르는 대로 그냥 나를 내맡기니 두려움에서 조금씩 벗어날 수 있었다. 두려움에 정면으로 마주하고 있었다. 될 일은 되고 안될 일은 안되는 것이니 그냥 삶에 흐름에 나를 맡겨 보기로 했다. 두려움에서 벗어나기 위해 피하는 방법보다는 두려움에 정면으로 마주하는 방법이 두려움에서 벗어나기 위한 가장 빠른 방법이다.

두려움에서 벗어나는 가장 빠른 방법은 두려움을 정면으로 마주하는 거다.

나의 걱정인형들

매일 하고 다니던 머리핀이 눈에 보이지 않았다. 나는 침대 이불과 베개를 모두 치우고 구석구석 찾아보았지만 보이지 않았다. 매일 쿠션을 베개 삼아 누워 있는 거실 소파에도 머리핀이 보이지 않았다. 나는 부스스한 머리를 묶지도 않은 채 몇 시간을 머리핀을 찾는 것에 집중했다. 하지만 금색 빛깔의 나의 머리핀은 보이지 않았다. 어쩔 수 없이 딸아이 고무줄을 몇 개 꺼내 부스스한 머리를 질끈 묶었다.

아메리카 과테말라에서 전해오는 작은 걱정 인형처럼 나의 머리핀이 나의 불안한 마음을 안정시켜 주는 역할을 했다. 마음의 근육이 약한 사람일수록 나의 마음을 안정시켜 줄 무엇인가 에 의지 하게 된다. 어릴 적부터 "네가 있으니 나는 문제없어."라고 나의 물건에 의미를 부여하고 그 물건이 나의 걱정과 근심을 모두 가지고 갈 뿐만 아니라 좋은 소식을 나에게 가져다준다고 생각했다. 나의 걱정 인형은 대부분 몸에 지니고 다닐 수 있는 것들에 집중된다. 반지, 목걸이, 머리핀, 팔찌 등 매일 몸에 지니고 다닐 수 있는 것들에 의미를 부여하고 있다.

행운의 보석 '신으로부터 받은 신성한 보석'이라 불리는 터키석은 성공과 승리를 약속하는 뜻을 가지고 있다. 터키석 반지는 나의 행운 반지라고 의미를 부여했다. 매일 이 반지를 끼고 생활하면 나에게 행운을 가져다줄 것 같은 믿음이 생긴다. 빨간색 줄에 금으로 된 원형볼이 장식되어 있는 팔찌 역시 나의 걱정을 대신해준다. 이 팔찌를 하고 있지 않으면 머리 아픈 일들이 생겨 나를 괴롭히지만 빨간색 줄 금색 볼 장식의 팔찌를 하고 있으면 그냥저냥 지나가는 것 같은 느낌이 든다.

공인중개사 시험을 치려 갈 때 나는 금색 머리핀을 하고 갔다. 그날 입고 간 옷과 필기도구 모든 것에 의미를 부여했고 떨리는 마음을 내가 가지고 있던 물건들에 조금씩 나눴다. 그리고 시험 발표 있던 날은 금색 머리핀을 하고 있었고 합격이라는 좋은 소식을 전해 주었다. 그

날 이후 징크스처럼 무슨 중요한 시험이나 결정할 일이 있으면 꼭 금색 머리핀을 하고 다녔다. 우연의 일치였을까? 금색 머리핀을 하고 일을 처리할 때는 어렵게 생각했던 일들이 잘 풀렸고 생각지도 못한 좋은 소식들도 전해졌다. 그런 나의 금색 머리핀이 감쪽같이 사라 졌다. 내가 스쳐 지나갔던 집안 모든 곳을 샅샅이 파헤쳐 보아도 보이지 않았다. 금색 머리핀이 사라진 지 일주일이 지났지만 찾을 수 없었다.

응모했던 에세이 공모전 발표 날이었다. 당선되지 못했다. 내가 금색 머리핀을 눈에 불을 켜고 찾는 이유도 이번에는 조금 당선에 기대를 하고 있었기에 금색 머리핀의 행운의 힘을 한 번 더 믿어 보고 싶었다. 금색 머리핀을 하지 않아 서가 아니라 나의 글이 부족했던 것을 알아차리는 것이 쉽지 않았다.

"금색 머리핀만 있었다면⋯⋯."

어릴 적부터 물건들에 의미를 부여하고 그 물건들의 힘을 빌려 단단하지 못했던 마음에 힘을 보태고 있었다. 과테말라의 걱정 인형이 있듯이 나에게는 행운의 장신구들이 있었다. 모든 걱정을 걱정 인형에 맡기고 깊은 잠을 자는 과테말라의 아이들처럼, 나 역시 모든 걱정과 불안한 마음을 행운의 장신구들에 맡기고 나의 일상에 집중했다. 오늘은 금색 머리핀을 찾을 수 있기를 기대해 본다. 나의 걱정 인형들이 미신이고 우연의 결과라고 이야기할 수도 있다. 하지만 나는 아직 걱정 인형이 필요하다.

불길한 일을 의미하는 징크스는 고대 그리스에서 마술에 쓰던 딱따구리의 일종인 개미잡이라는 새 이름에서 유래한다. 본디 불길한 징후를 뜻하지만 일반적으로 선악을 불문하고 불길한 대상이 되는 사물 또는 현상이나 사람의 힘으로는 어찌할 수 없는 운명적인 일 등을 말한다. 일종의 미신이며 인과관계보다는 우연의 결과가 더 많다.

"징크스를 깼다."라고 하면 으레 질 것으로 예상했던 승부나, 어찌할 수 없는 운명이라고 체념하던 일에 대한 심리적 부담을 극복한 것을 가리킨다.

서운해지려고 한다

나의 하루는 새벽 5시부터 시작된다. 새벽 5시에서 8시까지 글을 쓰고, 책을 읽고, 블로그 서평을 작성한다.

아침 8시부터 9시 30분까지 가족들 아침 식사를 준비한다. 보통 아침 식사는 7시 30분부터 시작하는데 요즘은 남편이나 아이들이나 모두 집에만 있으니 아침 준비 시간이 늦어졌다. 준비된 반찬과 밥을 식탁에 차려 놓으면 대략 우리 집 아침 식사는 10시에 먹게 된다. 30분 뒤 식탁 위에 놓인 빈 그릇 들을 정리하고 어질러진 주방을 정리하고 나면 대략 11시가 조금 넘는다. 냉장고 신선 야채실에 과일이 있으면 후식으로 과일을 내어 준다. 없는 날은 그냥 생략하기도 한다. 내가 오전 시간 동안 엉덩이 붙이고 앉아 있는 시간은 밥 먹는 시간 빼고는

10분도 채 되지 않는다.

tv리모컨을 찾아 소파에 잠시 누워 뉴스를 본다. 아이들이 내가 누워 있는 소파 앞으로 다가온다. 나의 시선은 뉴스 소식을 알려주는 앵커의 얼굴보다 아이들 엉덩이가 더 눈에 들어온다.

"뉴스 좀 보자. 저리 가서 좀 놀아."라고 말은 한다. 아이들은 "엄마는 맨날 누워서 뉴스만 봐."라고 투덜대면서 나의 시선 속에서 사라진다.

새벽 5시부터 쉼 없이 움직였던 360분 동안 30분의 휴식이 아이들 눈에는 쭉~누워 있는 엄마 모습으로 기억이 된다. 남편도 옆에서 한마디 거든다.

"누워 만 있지 말고 좀 움직여!"

남편 눈에도 잠깐의 나의 휴식은 쭉~ 소파에 누워있는 게으른 아내로 보인다. 나의 오전 시간 360분은 007 작전처럼 조용하게 아무도 모르게 식구들 눈을 피해서 움직였던 것이 아닌데……. 왜 다들 내가 소파에 계속 누워 있는 게으른 엄마, 게으른 아내로 보여지는 것인가? 쪼잔해 보일까 봐 이러쿵저러쿵 말하지 않았다.

30분 동안 휴식이 끝이 나고 어질러 진 집안의 청소를 시작한다. 먼저 핸드폰으로 오늘 미세먼지 수치를 확인한다. 미세먼지가 보통이면 각방 창문과 앞뒤 베란다 창문을 열고 외부의 공기와 실내의 공기를 물물 교환한다.

"나쁜 공기 줄게 좋은 공기 다오~!"

아파트 화단에 목련꽃과 산수유꽃, 정자 옆에 핀 벚꽃나무들의 꽃 향기가 바람을 타고 집안으로 들어오면 나는 크게 들숨으로 꽃의 향 기로 봄의 기운을 받는다. 밖의 날씨에 따라 청소하는 날이 즐겁기도 그렇지 않기도 한다. 그날은 청소하기 딱 좋은 날이었다.

우리 집에서 움직임이 있는 사람은 나밖에 보이지 않는다. 남편은 침대에 누워 핸드폰으로 중국 드라마를 보고 있다. 아이들은 각자 방 에 누워서 미스터 트롯 최종 7인의 이런저런 이야기들을 보고 노래 도 듣는다. 대략 60분 동안의 집안 청소와 빨래가 끝났다. 나는 또다 시 소파에 누워 tv전원을 켰다. 이리저리 채널을 돌려 '정산회담'이 라는 프로를 보고 있었다. 재테크 고민을 전문가들이 분석 해주는 프 로그램인 듯하다. 내가 좋아하는 '부자 언니 유수진 언니'도 나왔다. 역시 귀에 쏙쏙 들어오는 재테크 노하우를 이야기해준다. 전문가들 의 말에 푹~빠져 있을 때 아이들이 하나둘 내 시선을 엉덩이로 가린 다. 나는 "저기 가서 놀아."라고 말한다. 아이들은 "맨날 누워서 TV만 봐."라고 말한다. 침대에 누워 있던 남편도 거실로 나와 이야기한다." 좀 움직여~!"

나는 이번에도 쪼잔해 보일까 봐 말하지 않았다. 나는 120분 동안 움직이고 30분 쉬고 있었다. 아이들 공부도 봐준다. 저녁 준비도 한다. 아이들이 놀아 달라고 말해 30분 동안 놀아 줬다. 저녁을 먹고 7시~8시가 되면 피로감이 몰려온다. 소파에 쿠션을 베개 삼아 누워 있는다. 눈이 스르르 감겨 눈을 감는 순간 아이들이 다가온다. "맨날 잠만 자"라고 말한다. 갑자기 서운해졌다. 새벽 5시부터 바쁘게 움직여 하루를 알차게 보내고 있는 나에게 게으른 엄마 꼬리표가 따라 다닌다.

"매일 누워 있어."

"매일 tv만 봐."

"매일 잠만 자."

모르는 사람이 보면 게으른 인간으로 보이기 딱 좋은 말들이다. 나는 치사해 지기로 했다. 쪼잔해 지기로 했다. 남편과 아이들 앞에서 새벽 5시부터 내가 어떤 일을 했고, 어떻게 생활하는지 나의 하루를 이야기했다.

쪼잔해 지면서 까지 나는 게으른 사람이 아니라고 말을 했지만 딱히 달라지는 것은 없었다. 남은 것이 있다면 나에 대해서 잘 모르고 있는 가족들에 대한 서운함이다.

어른 친구 만들기

전업주부가 되면서 나에게는 하나의 미션이 생겼다. 아이의 친구 엄마와 친해지기이다. 아이들끼리만 친구하면 되지 엄마들끼리도 친구가 되어야 하는 걸까 라는 의문에 처음에는 아이 친구 엄마들과 그냥 가벼운 인사 정도만 하는 사이로 지냈다. 하지만 어린이집에서 돌아온 아이가 "○○이가 ○○집에 가서 어제 놀았대! 나도 ○○이네 집에 놀러 가고 싶어!"라고 말을 하게 되면서 아이 친구 엄마들과 친해지기 미션이 생겨 버렸다.

아이 친구 엄마와 친해지기는 생각보다 쉽지 않다. 내가 중심이 되어서 친구를 사귀는 것과 아이가 중심이 되어서 친구를 사귀는 것은 많은 차이가 있었다. 아이들은 장난감을 가지고 잘 놀다가도 갑자기 싸우게 되는 경우도 있고, 자기 마음대로 되지 않을 때는 울음을 터트리면서 엄마에게 달려온다. 이럴 때가 제일 난감하다. 분명 딸아이 친구 아이가 잘못된 행동을 했어도 나는 딸아이에게 양보를 하고 배려해 줄 것을 주문한다. 아이는 자기 마음을 몰라주는 엄마의 태도에 더 서럽게 울어댄다. 아이 친구 엄마의 눈치를 보게 되면서 나는 우리 아이에게 더 엄격해지게 되고 아이는 아이대로 상처를 받게 되는 경우가 많았다.

이렇게 아이 친구 엄마랑 친해지기는 초등학교에 입학하면서도 여전히 존재한다. 엄마들끼리 친하게 지내다 보면 육아정보, 교육정보 등을 들을 수 있어 좋은 점도 많지만 나와 성향이 맞지 않는 엄마들을 만날 때면 여간 불편한 게 아니다. 아이들의 좋은 점을 바라보기보다는 잘하지 못하는 일들에만 집중해 아이를 다그치고 아이 친구들에게 까지 이야기를 하는 모습을 볼 때면 너무 과하다는 생각이 들 때가 많았다. 하지만 이렇게 불편한 사이더라도 아이들이 중심에 있으면 아이 친구 엄마와의 관계는 계속 이어질 수밖에 없다

다음 주면 초등학교 개학이 시작된다. 지금은 마스크로 얼굴의 반

을 가리고 아이들 등 하원을 해주고, 아이들이 함께 모여 놀 수 있는 모임 역시 거의 불가능하다. 하지만 한 번씩 삼삼오오 놀이터에서 모여 아이들과 놀고 있는 엄마들을 볼 때면 우리 아이들도 같이 놀고 싶다고 이야기를 하고는 한다.

며칠 전 아이 친구 엄마들의 모임이 있었지만 나는 몸이 좋지 않아서 거절한 적이 있다. 아이들은 오랜만에 친구들을 만나 놀 수 있다는 생각에 들떠 있었지만 도저히 아이들을 데리고 나갈 수 없는 상황에 그 모임에 나가지 않았다. 개학이 되면 이런 엄마들의 모임이 계속 이어지게 될 거고 아이들은 친구와 놀 수 있다는 생각에 어떻게 든 나가려고 할 텐데.. 나는 벌써부터 걱정이 앞선다.

매번 모임에 나갈 수 없다고 거절을 한다면 자연스레 엄마들의 모임에서 나를 찾지 않게 되고, 아이들이 친구들과 놀 수 있는 기회조차 사라지게 된다는 생각에 불안해진다. 지금 내가 불안해하고 있는 이 일도 시간이 지나면 기억조차 나지 않는 일에 불과한 걱정거리이지만 지금 당장은 참 불편하고 불안한 감정이다.

답이 나오지 않는 걱정거리들은 그냥 시간이 흐르는 대로 두었다. 남 보여 주려고 살지 않기로 했다. 타인의 시선을 의식하는 나에서 자유로워 지고 싶었다. 잘 살아내느라 고생한 나에게 응원해주고 아껴

주고 나로 살기로 했다.

아이 친구 엄마와 친해지는 일도 자연스레 마주해 보기로 했다. 미리 걱정한다고 달라지는 것은 없으니깐.

추억 한 스푼

어릴 적 내가 살던 시골의 하늘과 지금 어른이 되어서 살고 있는 도
시의 하늘은 다르다. 나이가 든다는 것은 옛 추억과 자주 해후하게 된
다는 것이다.

"라떼는 말이야. 라떼는 이랬었는데……."

"내가 살던 시골의 하늘은 참 예뻤는데……."

비가 온다는 소식에 고개를 젖혀 하늘을 쳐다보다 문득 어릴 적 시
골 마을 하늘이 생각 났다.

하늘색 물감의 색감을 그대로 옮겨 놓은 듯한 빛깔에 군데군데 떠
다니는 솜뭉치를 바라보며 한껏 감성적인 소녀가 되어 보기도 했다.

시골 마을 할머니 집 툇마루에 누워 검은색 물감을 그대로 옮겨 놓은 듯한 빛깔에 셀 수 없을 만큼의 무수히 반짝이는 별들 중에 별똥별 하나가 떨어지길 기다렸던 여름 밤의 추억들이 생각나기도 한다. 어른이 되어 살고 있는 나의 도시 하늘은 별들을 보지 못한다. 별들이 뜨지 않는 것도 있지만 내가 더 이상 하늘을 쳐다보며 살아가고 있지 않아서 이기도 하다.

내가 좋아하던 음악 선생님이 다른 학교로 전근 가셨던 날, 단짝 친구와 사소한 오해로 심하게 싸웠던 날, 좋아하던 오빠가 나의 마음을 거절했던 날 등 설익은 나의 마음에 요동쳤던 감정들을 넓고 넓은 하늘색 하늘에 내던져 버리고 크게 숨 한번 내쉬고 나면 어찌할 바를 모르고 날뛰던 감정들이 고요 해짐을 느꼈다. 어릴 적 시골의 하늘은 나의 고민을 묵묵히 들어주었다.

"말만 해. 내가 다 해결해 줄게!" 라면서.

지금 와 생각해보니 참 순수하고 감성적이었던 나의 어린 시절이었다. 어린 시절 느꼈던 그때 그 감정들을 회한하면서 글을 쓰고 있는 지금 조금은 손발이 오그라지기도 하고 조금은 진부적인 표현들에 어디 누군 가에 말하기도 조금은 부끄러워지기도 한다.

딸아이가 나의 어릴 적 감성적인 부분을 조금 닮아 있는 것 같다.

아파트 놀이터에서 그네를 타고 있는 다섯 살이었던 딸아이가 나에게 이런 말을 건넸다.

"엄마! 바람이 그네를 밀어주고 있어!"

"바람이 날 하늘까지 데려 갈려나 봐!"

바람이 조금 불었던 가을 날에 있었던 일이다. 다섯 살 딸아이의 표현에 놀라 도치 엄마가 되어 남편에게도 친정 식구들에게도 놀이터에서 딸아이가 했던 말을 전하며 언어 천재라고 자랑을 했던 기억이 난다.

하늘을 보며 한없이 감성적이었던 나의 어린 시절과 바람 소리에 바람의 움직임에 한없이 감성적인 딸아이 어린 시절이 조금은 나와 닮아 있는 듯하다. 딸아이도 어른이 되면 나와 같이 감성보다 이성이 앞선 사람으로 변해 버려 그때 놀이터에서 바람과의 추억을 회한하며 "나, 그때 참 감성적이었는데."라고 말하고 있을까?

비가 온다는 소식에 하늘을 바라 보면서 갑자기 어린 시절 하늘과의 추억에 빠져 버렸던 시간이 꽤 괜찮은 감정을 나에게 전달해 주고 있구나 생각했다. 지금은 순수하지 못한 어른으로 변해 버린 나지만, 잠시 나의 추억 속에서 순수했던 나의 어린 시절과 해후하는 것도 꽤 괜찮은 경험이었다.

나이가 든다는 것이 서글프고 불안하고 썩 기분 좋은 상황은 아니라고 생각했는데 나이가 들면서 알게 되는 것, 알아 가는 것들에도 재미가 있고 의미가 있다는 것을 알게 되니 나이가 드는 게 꼭 나쁜 것들만 존재하는 것은 아니었다.

나에게 일어나는 모든 것들에는 의미가 있다.

지나온 길을 천천히 회한하다 보면 모든 것들에 의미가 있었다는 말에 공감이 간다. '의미 없이 보낸 시간이라고 생각했던 그 시간들도 더 이상 의미 없이 보내지 말자' 라는 생각을 가지게 해 줬던 동기부여가 되었기에 그 시간들 역시 나에게는 의미 있었던 시간들이었다.

Patr 4.

행복을 먹고 행복한 사람 보고

'감사합니다'를 중얼거리다

    오늘도 나는 수없이 "감사합니다"를 중얼거리고 있다. 나를 힘들게 하는 생각들에서 벗어나기 위한 나의 주문 '감사합니다'를 하루에 수십 번 중얼거리기도 한다. '감사합니다'의 수가 많은 날일수록 나의 스트레스 지수가 높았던 날이라 생각하면 얼추 들어맞는다. 유리 멘탈 소유자인 나는 아주 사소한 것에도 쉽게 마음이 쓰이고 상처를 받았다. 동네 친한 언니가 그냥 지나가는 말로 "말 좀 해~! 입에서 단내 나겠어~!" 라고 한 말에 나는 몇 날 며칠 그 말이 신경 쓰였다. 매번 사람들이 무심코 툭 던지는 말에 나는 툭 내던지지 못하고 그대로 그 말을 삼켜 버렸다. 그렇게 아무 의미 없는 말들에 힘들어하고 우울해하는 나를 보면 답답하지만 딱히 방법이 생각나지 않아 그냥 문제 속에서 살았다.

"명상 좀 해봐!"

친구 J가 나에게 매번 반복되는 문제 속에서 벗어나는 방법을 하나 제시해 주었다.

"명상? 그거 쉽지 않던데."

"처음부터 쉬운 게 어디 있어? 일단 2주만 매일 꾸준히 해봐~!"

사소한 일에 매번 반응하는 나는 지쳐 있기도 했고 뭐라도 일단 해보자는 생각으로 명상에 관련된 책들을 읽기 시작했다. 첫 명상에 관한 책을 읽고 바로 명상을 시도해 보았다. 두 눈을 감고 양반 다리를 한 뒤 두 손은 무릎 위에 올려놓고 들숨 날숨에 집중했다. 5초 정도가 지났을까? 머릿속에는 온갖 잡생각들로 난리가 나고 미처 생각하지 못한 기억들 조차 떠오르면서 명상보다는 그냥 생각을 하고 있는 것 같은 기분이 들었다. '처음이라 그렇겠지.' 라고 생각하면서 일주일 동안 매일 30분 명상을 해보았지만 생각만큼 바로 효과가 나타나지 않았다. 두세 권의 책을 더 읽어 보면서 나에게 맞는 명상법을 찾아보기로 했다. 그렇게 책을 읽으면서 세 권의 책에 공통적으로 소개되어 있었던 '감사합니다 명상법'을 해보기로 마음먹었다.

이 명상법을 선택한 이유는 시간과 장소, 자세에 구애 받지 않고 그저 '감사합니다'만 중얼거리면 되는 누구나 할 수 있는 명상법이었다. 나는 그날 이후부터 아주 사소한 것들에 스트레스 받은 나의 멘탈을 위해 '감사합니다'를 중얼거리기 시작했다. 나를 힘들게 하는 생각이 사라질 때까지 '감사합니다'를 중얼거리면 된다. 주위에 사람이 있으면 마음속으로 말을 하고, 혼자 있을 때는 작은 소리를 내면서 '감사합니다'를 외쳤다. 세상의 잔소리에 '감사합니다'를 수없이 마음속으로 중얼거리다 보면 마음이 차분해지는 것을 느낄 수 있었다. 스트레스의 원인인 걱정들과 상처 섞인 말들에 '감사합니다'라는 말로 포장을 해버리니 요동치는 불안한 감정들이 잔잔한 호수처럼 변했다.

코로나 시절 아이들과 두 달 가까이 집안에서만 생활하며 수없이 아이들에게 소리를 지르게 되는 일이 생겨났다. 나도 모르게 욱해서 내뱉은 말은 주워 담을 수 없지만 금방 알아차리고 '감사합니다'를 중얼거리다 보면 더 이상의 험한 말은 나오지 않았다. 지금 이 글을 쓰고 있는 순간도 아이들이 서로 자기가 잘났다고 싸워대는 소리에 욱한 감정을 잠재우기 위해 '감사합니다'를 수없이 중얼거리면서 쓰고 있다. 나만의 스트레스 해소법은 '감사합니다 명상법'이다. 많은 사람들이 '감사합니다' 명상법의 효과를 경험했으면 좋겠다. 노력에 비해 효과는 좋은 가성비 갑인 스트레스 해소법이 아닐까 생각한다. 아침부터 '감사합니다'를 수백 번은 중얼거린 듯하다. '감사합니다' 명상법을 알지 못했더라면 나는 지금쯤 침대에 누워 스트레스로 인한 무기력한 하루를 보내고 있을지도 모른다.

어느새 여름

가지각색의 꽃향기를 한 아름 품고 베란다 창문으로 살며시 들어왔던 선선한 봄바람이 이제는 뜨거운 바람만이 내 얼굴에 스쳐 지나가면서 송골송골 땀방울을 남겨두고 다시 베란다 창문 밖으로 나가버리고 또다시 들어옴을 반복한다. 아직 봄이라고 착각하고 있던 내게 이제 여름이라고 알려 주는 전령처럼 뜨거운 바람은 연신 나의 얼굴에 와 닿고 있었다.

"그래, 이제 정말 여름이네~!"

아직 옷장의 옷들은 여름을 맞을 준비가 되지 못했는데. 나 역시 아직 긴팔의 옷과 긴 바지를 입고 있는데.

옷장의 옷들을 모두 꺼내 겨울옷과 긴팔의 옷들을 압축 백에 정리하기 시작했다. 많이 늦은 감이 있지만 여름을 맞을 준비를 해야 했다. 겨울 내내 나에게 따뜻함을 주었던 옷들을 잘 개어서 압축 백에 차곡차곡 넣다 보니 금세 압축 백에는 옷가지들로 가득했다. 압축 백 지퍼를 꾹꾹 눌러 닫고 청소기로 압축 백의 공기를 빼내어 납작하게 압축시켰다. 그렇게 3개의 압축 백이 만들어졌고 드레스룸 한쪽 구석에 차곡차곡 쌓아 두었다. 그리고 겨울 내내 압축되어 있던 여름옷을 하나둘 꺼내 긴 원피스는 옷걸이에 걸어 놓고, 반바지와 여름 청바지들은 한쪽 구석에 개어 놓았다. 남편 옷도 옷걸이에 걸어야 될 옷들과 바닥에 놓일 옷들로 분리해서 정리했다.

두어 시간이 지나고 난 뒤 옷방 정리가 끝이 났다. 요즘에는 계절에 속도를 잘 쫓아가지 못하고 있다. 봄이 온 것도 베란다 창문으로 보였던 산수유꽃을 보고 "아 봄이구나"라고 알아채리고, 딱 기분 좋은 선선한 봄바람이 봄이 왔다고 봄꽃들의 향기를 가득 안고 나에게 왔을 때 비로소 알게 되었다.

기쁘든 슬프든 행복하든 불행하든 겨울은 가고 봄이 오고 봄이 가고 또다시 여름이 오고 여름이 가면 가을이 오고 겨울이 오고 계절은 변함없이 꿋꿋이 가고 오고 를 반복하고 있다. 바닥을 뚫고 들어 갈 만큼 무기력했던 하루도 다음날에는 뭐라도 해야겠다는 굳은 의지와 만나 하늘을 찌르듯 한 자신감으로 똘똘 뭉친 하루가 되기도 하고, 뭘 해도 잘되던 하루가 뭘 해도 안 되는 하루가 되기도 한다. 그러고 보면 나의 시간들은 계절의 변화와 닮아 있다. 추운 겨울이 지나면 따뜻한 봄이 오고, 무더운 여름이 지나면 시원한 가을이 오듯 나의 시간이 그렇다.

겨울과 여름은 나에게 달갑지 않은 계절이다. 누군가에게는 겨울과 여름이 최고의 계절일지도 모르겠다. 머리를 복잡하게 만드는 일들이 나를 괴롭힐 때면 빨리 지나가기를 바라는 것처럼 겨울과 여름은 나에게 그런 계절이다. 빨리 겨울이 지나 봄이 되기를, 빨리 여름이 지나 가을이 되기를 기다린다.

강원도 정선에서 태어나 아홉 살까지 그곳에서 살았다. 겨울에는 눈으로 뒤덮여 영하의 추위에 손발이 동상에 걸려 몇 날 며칠을 고생하기도 하고, 여름에는 많은 비로 집안에 물이 나의 무릎까지 들어와 옷가지들과 책들이 빗물의 횡포에 당하기 일쑤였다. 꼬꼬마 시절 나에게 겨울과 여름은 달갑지 않은 계절로 기억이 되었고 어른이 된 지금 역시 겨울과 여름은 달갑지 않다.

그래도 어김없이 나에게 겨울은 오고, 여름이 온다. 내 의지와는 상관없이 지금 나는 여름을 마주하고 있다. 그냥 살다 보면 살아지듯이 여름이 왔구나 라고 생각하며 살아간다. 여름과 그냥 살아가고 있다. 무더운 여름이 지나고 나면 시원한 가을이 나를 기다리고 있다.

걱정의 실체는 정제되지 않은 자잘한 잡생각에 가깝다. 앞 뒤 순서도 없고 논리도 없어 일단 걱정을 시작하면 골치 아프다. 오지 않는 미래를 걱정하고, 이미 지나간 과거로 돌아가 방황하고 있는 걱정의 굴레에서 벗어나기란 쉽지 않다. 그럴 때마다 나는 책을 읽었다.

어떤 이는 나의 변화되고 성장한 모습에 자신도 책을 읽기 시작했다고 했다. 참 뿌듯하고 힘이 되는 말이었다. 하지만 어떤 이는 나의 변화된 모습이 그다지 눈에 들어오지 않는다고 직설적인 표현으로 나의 얼굴을 뜨겁게 만들기도 했다. 긍정적인 말로 나와 함께 책을 읽게 되었다는 A의 말보다 부정적인 말로 나를 당혹하게 만드는 B의 말에 더 마음이 쏠려 조급함이 생기기 시작했다. 어떤 짠~하고 결과가 나타나 "봐봐 책 읽으니 이렇게 좋은 일들도 생기잖아."라고 보여주고 싶은 욕망이 나의 마음속에 불타오르고 있었다. 그때부터 나는 많은 공모전에 참여하기도 했고, 소소한 재테크도 시작했다.

너무 간절했던 나의 마음 때문이었을까? 공모전에서는 보기 좋게 탈락이 이어졌고, 나의 글에 대한 좋지 않은 반응도 생겨 났다. 나를 위한 책 읽기가 아니고. 나를 위한 글쓰기가 아니고. 다른 누굴 위한 책 읽기 글쓰기로 변해 버린 뒤 일들이 꼬여가기 시작했다. "내 말이

맞지!"라고 보여주고 싶었던 결과에 집착이 심해질수록 마음은 조급
해지면서 편안한 마음으로 책을 읽거나 글을 쓰지 못했다. 나의 글 속
에서도 조급함이 한껏 묻어 있는 듯해 보였다.

"갑자기 찾아오는 요동치는 나의 불안한 감정도 제대로 알아주지
못하면서 다른 이의 변화를 돕고 싶다고?"

폭염주의보 일기예보가 있던 오후 두 세 시경 더위에 지쳐 침대 위
에 누워있던 나의 마음이 나에게 말을 건넸다. 띵~하고 머리를 망치
로 두들겨 맞은 듯한 느낌이었다.

"그래, 그렇지! 내 밥그릇도 제대로 챙기지 못하는데. 맞아. 네 말이
맞아!"

한참 부동산 공부에 빠져 있었던 재작년 겨울쯤 나는 부동산 전문
가라도 된듯한 말들로 주위의 지인들에게 부동산 시장에 대한 이야
기를 하고는 했다. 책 속에서 배운 것 만으로 나는 벌써 여러 채의 부
동산을 가지고 있는 사람처럼 그들에게 부동산 지식들을 쏟아내고
있었다. 지금와 생각하면 쥐구멍이라도 있으면 숨고 싶은 심정이다.

부동산 공부를 하고 실전 투자를 위해 임장을 다니고 직접 투자를
해보면서 책 속의 이야기와 내가 직접 현장에서 만나는 이야기는 하
늘과 땅 차이였다. 이제껏 알고 있던 부동산 지식은 어린아이 걸음마

수준이었구나 라는 것을 깨달았다. 부동산 관련 공부를 하면 할수록 말을 조심하게 되었고, 지인들이 부동산 관련 질문을 할 때면 확실히 아는 것만 이야기를 해주고 특히 부동산 세금 관련 이야기는 전문가에게 꼭 상담을 해보라고 말했다.

나 먼저. 내가 우선인 삶. 내가 행복한 삶. 나부터 변화된 하루. 나부터가 시작이다. 나에서부터 시작된 변화와 성공은 내가 애써 누군가에게 보여주려고 하지 않아도 자연스럽게 비칠 것이고 변화의 동기도 자연스럽게 그들의 마음에 스며들 것이다.

누구누구를 위한 삶이 아닌 나 자신을 위한 삶을 살아갈 때 자연스럽다.

여름 문턱에서 만나는 다이어트

겨울 내내 두꺼운 패딩 속에. 박시한 니트 속에 숨어 있던 살들이 하나둘 모습을 나타내기 시작한다. 겨울옷을 벗어던지고 가벼운 옷을 내 몸에 걸칠수록 사람들은 나에게 하나둘 말을 내던지기 시작한다.

"어머! 건강해졌네."

"너, 살 좀 쪘지?"

나는 베란다 창고 안에 넣어 두었던 폼롤러와 미니 아령을 꺼내 들었다. 매트 위에 올라가서 폼롤러로 작년 가을부터 조금씩 늘어났던 살들에게 이별을 고하기 시작한다.

"여름휴가 가기 전까지 5kg만 빼자!"

남편의 직업은 헬스 트레이너이다. 남편이 트레이너로 일한 지는 12년이 넘었고, 직접 헬스장을 운영한지는 5년 정도가 다 되어간다. 남편이 헬스 트레이너이기 때문에 부인인 나는 당연히 날씬하고 건강한 몸을 가지고 있다고 생각하는 사람들이 많다. 남편의 직업과 나의 몸은 전혀 상관이 없다. 직업은 직업일 뿐이다. 개그맨들이 집에 와서 과묵한 사람이 되는 것처럼. 남편 역시 집에 오면 손가락 하나 움직이기 싫어하는 무기력한 사람이 된다.

나는 어깨가 좁은 편이라 두꺼운 패딩이나 박시한 옷을 입으면 살들이 밖으로 보이지 않으니 날씬 정도는 아니지만 보통 정도는 되어 보인다. 그렇게 작년 가을부터 올해 초봄까지 '살을 빼야겠다' '다이어트를 해야겠다'라는 생각을 전혀 하지 않고 지낸다. 하지만 점점 내 몸에 걸쳐지는 옷들의 가짓수가 줄어들고 얇아 질수록 숨어 있던 살들의 정체가 드러나기 시작한다. 그때부터. 여름의 문턱에 접어들면서부터. 나의 살들과의 전쟁이 시작된다.

폼롤러 위에 출렁 대는 나의 뱃살을 올려놓는다. 숨이 턱 막히는 답답함이 올라오지만 5분 동안 폼롤러와 나의 뱃살은 함께 해야 하기에 참아 본다. 겨울 내내 한 번도 자극 없이 지내왔던 나의 뱃살이 5

분 동안의 자극에 의해 체육 시간에 오래 달리기를 한 것처럼 배가 당기고 얼얼하다. 다음에는 옆구리 살을 폼롤러 위에 올려 두고 힘을 쭉 빼고 나의 온 무게를 옆구리 살에 모은다. 옆구리 살 역시 아프다. 너무 아프다. 이마에는 땀들이 줄줄 흘러내린다. 손바닥으로 대충 흘러내린 땀을 닦아내고 반대쪽 옆구리 살도 같은 방법으로 폼롤러 위에 올려둔다. 다음은 등. 그다음은 허벅지. 그다음은 종아리. 그렇게 한 세트를 마치고 나면 거칠어 진 숨소리와 온몸을 방망이로 두들겨 맞은 듯한 통증을 느낀다. 여기서 그만두고 싶은 강한 충동을 느낀다.

"이 나이에 살을 빼서 뭐해. 아줌마는 아줌마다워야 해! 이러다가 쓰러지면 약값이 더 들겠는데!"

꼭 운동이 필요하지 않다는 나만의 합리화를 해보기도 하고.

"화장실 청소를 해야 하는데. 반찬거리가 없어서 장을 보러 가야 하는데."

당장 하지 않아도 되는 핑계 거리들을 만들어 내일로 그다음 날로 운동을 미룬다. 한두 번은 이런 나의 핑계 거리와 자기 합리화 방법에 홀딱 넘어가 살 빼는 것이 잠시 중단되기도 한다.

남편과 길을 걷다 보면 어느 순간부터 인가 남편과 내가 나란히 걷지 않고 있다는 것을 느낀다. 내가 서너 걸음 앞서 있든지. 남편이 서너 걸음 앞서 있든지. 나란히 같이 걸어 본지가 언제인지 손에 꼽힐 정도이다. 다른 이들이 보면 남이라고 생각할 만큼의 거리를 두고 걷는다. 유독 두꺼운 옷을 벗어던지고 나의 옷들이 얇아 질수록 여름이 다가올수록 남편과 함께 걷는 거리의 크기가 넓어진다. 나와 남편은 여름이 다가올수록 거리를 두고 걷기 시작한다. 함께 나란히 걷고 싶어 속도를 남편의 속도에 맞추면 남편은 속도를 더 높이거나. 더 늦추거나. 여전히 우리의 거리는 서너 걸음 차이가 나게 걷고 있다.

다이어트가 너무 힘들어 한 세트 하고 그만두고 싶은 충동을 느낄 때면 이렇게 남편과의 거리 차이를 생각한다. 남편과 나란히 걷고 싶어 마지막 2세트를 마치고 나면 온몸이 땀으로 흥건해지고. 배가 당기고 옆구리가 얼얼해도 기분 만큼은 상쾌하다. 여름이 다가오기 전부터 5킬로의 체중을 빼겠다고 다짐하고 난 뒤 두 달을 운동하고 나면 둥그런 턱 선도 어느새 갸름해지고. 살들에 감춰져 보일 듯 보이지 않았던 쇄골 뼈도 모습을 드러낸다.

살들은 빠지고 나의 자존감은 더해진다. 남편은 나와의 걸음에. 나란히 걷지 않는 것에. 아무런 생각이 없는지도 모른다. 그냥 자연스럽게 늦게 걷게 되고 빨리 걷게 되는 남편의 발걸음에. 나 자신 스스로가 "내가 살이 쪄서? 나의 모습이 부끄러워서?"라는 나만의 생각을 덧붙여 버린다. 아줌마가 되면 서부터 나의 몸을 치장하는 시간을 잃어버리고 살았다.

일년 열두 달을 매일 운동할 수 없다면 겨울 내내 숨겨왔던 살들이 모습을 드러내기 시작하는 여름의 문턱 앞에 서라도 운동을 해야겠다고 다짐했다.

나를 위해서. 뜨거운 태양이 쏟아지는 여름의 바닷가에 출렁 대는 뱃살이 보이지 않을 정도만. 남편과의 걷는 속도가 늦춰지거나 빨라지더라도 나의 뱃살 때문이 아니구나 라고 생각할 수 있을 정도만. 그렇게 나는 코앞에 다가온 여름을 준비하고 있다. 매일 폼롤러와 미니아령으로 나의 살들에게 이별을 고하고 있다.

"살들아, 안녕! 가을에 다시 만나자!"

생각의 끝은 실천이다. 생각만 하고 아무것도 실천하지 않으면 아무 일도 일어나지 않는다.

생각의 차이

인생이 매일 좋을 수는 없다. 너무나 당연한 말이지만 매번 좋은 기분은 금방 잊어버리고 나쁜 기억만 가득한 하루에 투덜 댄다. 왜 나한테만 이런 일들이 일어나는지. 왜 매번 일이 이렇게 꼬이는지. 누구는 운 좋게 일도 술술 잘 풀리던데. 그렇게 늘 좋은 하루보다는 나쁜 하루를 생각한다. 좋으면 좋은 대로 불안하고, 나쁘면 나쁜 대로 불안하고 결국엔 매일을 불안 속에서 살고 있다.

나의 실력이 부족할 지라도 때로는 전문가인 척 그렇게 생각하면 나는 전문가로 거듭날 수 있는 지름길로 갈 수 있다. 나의 실력을 의심하지 말자. 스스로 잘할 수 있고, 뛰어난 재능을 가졌다고 생각하면 조금은 부족했던 점들이 채워 지면서 그럴싸한 전문가의 모습을 하고 있는 자신을 발견할지도 모른다.

살다 보면 내가 가는 길이 제대로 가고 있는 것이 맞는지 의구심이 들 때가 종종 있다. 어떻게 살아야 잘 살아내는 인생일까? 수없이 생각 하면서 나의 삶의 목표와 방향을 향해 잘 살아내려고 애쓰고 있다. 하지만 마음먹은 대로 술술 풀리지 않는 인생의 문제들 앞에서 힘없이 주저앉게 되고, 이 길이 나의 길이 아니라고 섣부른 결정을 내려 버린다. 성공한 사람들을 동경하고, 나도 그들처럼 성공한 삶을 살기는 원하지만 그들처럼 행동하지 않고 있다. 그들이 얼마나 많은 노력과 실패 속에서 지금의 자리에 있는지 보지 못하고, 현재 그들의 결과에만 관심을 가지고 있다.

나의 삶에서는 포기하지 않고 나의 속도대로 꾸준히 나아갈 수 있는 방법들을 배우고 익히면서 내 인생의 활짝 꽃이 피는 날을 기다리려고 한다. 누구에게나 꽃이 피는 시기는 다 다르니깐.

그만한 이유가 있음을

17세기 독일 철학자 라이프니츠의 충족 이유율에 따르면, "존재하는 모든 것에는 그것이 존재하는 이유가 있으며, 모든 사건에는 그 사건이 그렇게 벌어질 만한 이유가 있다. 그 어떤 것도 이유 없이 존재하지 않으며, 그 어떤 사건도 이유 없이 벌어지지 않는다." 라고 말했다.

기분이 태도가 되지 않기를 부단히 노력하고 있는 나다. 그 말을 지켜 내기가 결코 쉬운 일이 아니라는 걸 요즘 들어 부쩍 느낀다.

브런치에 써둔 글들을 모아 책을 출간했다. SNS에 글을 올리는 것과 책으로 만들어지는 것은 다르다. 그 다름을 인정하기까지 오랜 시간을 고민했다. 미숙한 나의 글이 책이 되어 나온다는 것은. 여러 사람들의 시간을 빌려 써야 하기에. 불필요한 에너지 낭비가 아닌가 라는 생각에까지 이르렀다. 가끔은 생각 없이 살아가는 것도 꽤 괜찮지 않을까. 생각이 많다고 매번 좋은 결과를 얻는 것은 아니라는 것을 안다. 그럼에도 불구하고 혹시나 하는 두려운 생각들에서 헤어 나오지 못한다. 오랜 생각 끝에 책을 출간하기로 결정하고, 어리숙한 글들을 다듬어 나갔다.

책이 세상 밖으로 나오던 날. 사람들의 반응에 기분이 태도가 되는 날들을 마주한다. 책에 대한 좋은 평가를 받은 날은 기분이 좋아 아이들의 사소한 잘못들도 웃어넘겼다. '도움이 된다. 생각은 하지만 쉽게 실천하지 못했는데 다시 한번 실천할 용기를 얻고 간다'등 책에 대한 긍정적인 반응은 책을 출간하기 잘했다는 생각을 하게 한다.

'너무 돈돈 하다 보면 피로해져요. 책 제목부터 별로인데요, 재테크에 성공했다는 말인가요?'
부정적인 말들에 기분이 우울해진다. 아이들의 질문에 신경질적인 목소리를 내뱉는 나 자신을 보고 흠칫 놀란다. 당황해하는 아이들을 바라보며 미안해진다. 이게 뭐라고. 남이 하는 말들에 기분이 오르락 내리락. 아이들의 기분까지 망쳐버리는 나 자신을 바라보고 있으니 책을 내지 말걸. 뭣하러 책을 내서 이런 소리까지 들을까. 스스로를 자책한다.

똑같은 글이라도 읽는 이에 따라 글의 의미가 다르게 보일 수 있다. 글에 대해 평가를 내리는 것도 읽는 이의 자유다. 좋고 나쁨에 대해 말하는 것보다 자신의 생각을 말해 두는 거라고 그렇게 생각해 보라는 지인의 말에 생각의 다양성이라고 정의를 내려둔다. 부정적인 반응에 대한 나름의 방패 같은 것을 만들어 두는 거다. 모든 사람의 생각이 같을 수는 없으니. 그들의 생각도 인정하라는 거다. 그 생각들을 받아들이는 건 이차적인 문제다. '그렇게도 생각할 수 있구나'정도의 가벼운 생각으로 정리해 두자. 부정적인 말들을 들을 때면 순간 기분이 나빠질 수 있지만 방패 막을 견고히 해둔다면 상처는 그리 크지 않을 거다.

'돈'이라는 주제는 무겁고 차갑다. 유독 돈이라는 주제로 글을 쓸 때면 사람들의 날카로운 말에 상처를 입는다. 나의 글을 곱씹어 본다. 여러 번 읽고 또 읽어 본다. 그들이 느낀 불편한 글이 무엇인지. 그렇게 생각할 수밖에 없게 만든 나의 글의 문제점들에 대해서 생각을 해본다. 그러다가 문득 긍정적인 사람들의 말들이 떠오른다. 그들이 공감한 구절이 이 문장이구나. 도움이 되었다는 단락이 이 단락이구나. 하고 말이다. 잘못된 곳을 찾는 것이 아니라. 잘 된 곳을 찾는 일이 더 즐겁지 않느냐는 친구의 말이 뾰족한 기분을 둥글게 만들어 간다.

동글해진 기분으로 나쁜 말들을 마주해 본다. 무겁고 차가웠던 말들이 무덤덤해 보인다. 그리 사나운 말들이 아니었음을 알아채린다. 좋은 말만 듣고 싶었던 나였는지도 모르겠다. 고심 끝에 낸 책에 싫은 소리 듣기 싫어 나만의 벽을 세워 두었다.

'나쁜 말은 안 돼. 좋은 말만 들어와.'

그 벽이 허물어지는 것 같아 기분이 상했다. 기분이 별로 라서 내 입에서 나오는 말들도 별로고. 태도도 별로다.

기분이 태도가 되지 않기를 바라며 그 벽을 무너트린다. 자유롭게 드나드는 말들은 더 이상 무겁지 않다. 여러 말들 중에는 무게를 가늠할 수 없는 말들도 존재할 거다. 그 말들을 억지로 가볍게 만들려 하지는 않을 거다. 그냥 자유롭게 돌아다니다 사라지기를 기다려 보련다.

비가 와서

비가 내리는 날은 꼼짝 않고 집에만 있는다. 비가 옷을 적시는 것도 싫고 내 발이 빗물에 빠지는 건 더더욱 싫다. 먹고살기 위해 나가야 하는 일이 아니고 서는 웬만하면 집에 있는다.

정수기를 교체해야 하는 날이었다. 2시에서 4시 사이에 오기로 한 정수기 설치 기사분이 4시가 다 되도록 오지 않았다. 한여름 무더위에도 집에 혼자 있으면 에어컨을 켜지 않는다. 가만히 있으면 그리 덥지도 않다. 선풍기 하나로 가족들이 모이는 저녁 시간까지 버틸 수 있다. 비가 와서 그런지 끈적거리는 날씨는 쉽사리 사라지지 않았다. 정수기 설치를 하러 오시는 기사분을 위해 도착 삼십 분 전에 에어컨을 켰다. 2시에 도착할지도 모른다는 생각에 한시 반 정도부터 에어컨 전원을 켰다. 식탁에 자리를 잡고 핸드폰 속에 남겨 두었던 책 속의 문장들을 옮겨 적기 시작했다. 책을 읽다가 문득 담고 싶은 문장을 만난다. 그럴 때마다 스마트폰 안으로 살며시 옮겨 놓는다. 그러다 시간을 내어 노트에 옮겨 적는다. 서른 개가 넘는 문장들을 적으며 그때 그 감정들을 만나기도 한다. 이 문장을 왜 남겨 놓았는지에 대해서도 생각해 본다. 시간이 흘러 3시다. 에어컨은 끈적한 공기를 계속해 빨아 들었다.

글쓰기 강의를 들으며 찍어 놓은 내용을 정리했다. 다시 보니 새롭다. 찍어 놓기 잘했다는 생각을 했다. 퇴고의 중요성을 다시 한번 느끼며 마지막 문장을 노트에 옮겼다. 4시다. 약속 시간이 곧 지나간다. 그럼에도 불구하고 기사분은 오시지 않았다. 비가 와서 좀 늦어지는 건가 싶었다. 미리 연락이라도 주지. 애매한 2시에서 4시 사이에 도착한다 말하고 깜깜무소식이다. 비가 오니깐. 그럴 수도 있겠지.

약속 시간 삼십 분이 지났다. 고요했다. 비 오는 소리마저 사라진 오후다. 슬슬 마음이 소란스러워지기 시작했다. 늦을 수 있다는 문자나 전화를 주면 안 되는 건가. 처음부터 정확한 약속 시간을 말해 주었더라면. 두 시부터 올 수 있다고 차라리 말을 하지 말았으면 이렇게 기다리고 있지도 않을텐데. 부글부글 끓어 대는 마음을 에어컨 바람에 날려 보내고 싶었다.

다섯시다. 이건 해도 너무 하다고 생각했다. 약속 시간보다 한 시간이 더 지나버렸다. 고객센터에 전화를 해봐야 하는 걸까. 무슨 일이 생긴 걸까. 온갖 상념들이 머릿속을 비집고 다녔다.

고요를 깨는 소리 초인종 벨소리가 들렸다. 정수기 설치 기사였다. 웃으며 그를 반겼다. 그의 얼굴은 구겨져 있었다. 마스크를 쓰고 있었지만 눈썹 사이 미간 주름이 선명하게 찍혀 있었다.

아무런 말도 없이 정수기 설치에만 집중했다. 부글부글 끓는 마음을 숨겼다. 그도 그럴만한 이유가 있겠지. 비가 오니깐. 비가 와서 밖에 나가고 싶지 않은데. 왜 하필 비가 오는 날에 정수기 설치를 신청했는가에 대해신경질이 나 있었을 수도 있으니깐.

누군 가는 감정을 깜쪽 같이 숨길 수 있지만. 누군 가는 감정이 그대로 눈에 보이기도 한다. 그날의 정수기 기사분이 그랬다. 구겨진 감정을 반듯하게 펴기 위해 노력을 하는 것 같은데 그리 펴지지는 않았다. 애써 웃음을 보이며 말을 하지만 미간의 주름은 사라지지 않았고, 차가운 말투는 불편한 감정을 고스란히 전달했다.

조용히 비가 오는 밖을 바라보았다. 얼른 정수기 설치가 끝나기를 바랐다. 불편한 공기 속에서 얼른 벗어나고 싶었다. 냉장고에 있던 음료수 하나를 꺼내 건넸다. 음료수를 건네받은 기사분은 마시지 않고 싱크대 위에 올려놓았다. 감사하다는 말을 바란 건 아니지만 아무 말 없는 침묵은 서운했다.

정수기 설치가 끝났다. "기존에 사용하시던 정수기랑 사용법은 다르지 않아요."

별다른 설명 없이 정수기 설명서를 건네주었고, 정수기 설치 확인 서명을 부탁했다. 내 이름 석자가 적히고 기사분은 빈 박스를 들고 사라졌다.

비가 오니깐. 그런 거겠지 생각했다. 비가 와서 기분이 울적해서 웃고 싶지 않았고, 일하기 불편했고, 집에서 쉬고 싶었을지도.

정수기는 잘 작동하고 물맛도 나쁘지 않고 시간이 늦어지기는 했지만 약속한 날에 설치가 되었으니 그것이면 되었다 생각했다.

비가 오는 날이라서. 그리 생각했다.

상상은 현실이 될까?

"엄마, 꿈은 뭐야?"

큰아이가 물었다. 갑자기 나의 꿈을 묻는 큰아이의 생각이 궁금했다.

"엄마, 꿈이 궁금한 이유를 말해줄 수 있어?"

"내가 일본여행을 가고 싶다고 매일 생각했거든. 일기장에도 매일 적었어. 내 꿈은 일본여행 가는 거라고. 그런데 그 꿈이 이뤄졌어. 엄마도 이루고 싶은 꿈이 있다면 매일 생각하고 일기장에 적어봐. 나처럼 꿈이 이루어질거야."

미래 일기를 쓰다 보면 내가 원하는 것들이 존재하는 세계로 뇌의

인식과 방향이 바뀌게 된다. 미래에 이뤄 질 일을 자주 상상한다면, 미래의 모습은 곧 현실이 된다. 삶이 좋은 방향으로 흘러가기를 원하고 있다면 미래의 모습을 생생하게 그리고 그것을 손으로 적어야 한다.

공모전에 자주 글을 응모한다. 글 평가를 위해서 이기도 하고. 상금에 눈이 멀었기도 하고. 무엇보다 '너 지금 잘 쓰고 있어.'라는 말을 듣고 싶기도 해서다. 혼자 줄곧 글을 쓰고 있다. 글이 잘 쓰이고 있는지. 시간만 충 내고 있는 건 아닌지. 공모전 발표 날이 다가오면 일상이 멈춰버린다. 내 글이 선택 받지 못한 것에 대한 실망감. 내 이름이 당선자 발표 용지에 있을 것 같은 기대감이 일상을 헝클어 놓는다. 신경 쓰지 말자고 수없이 다짐해 보지만 듣지 않는다. 도돌이표처럼 돌아오는 일상이다. 차라리 공모전에 응모하지 말까. 그러면 이런 수고는 덜어 줄텐데. 답을 찾지 못하고 헤맨다. 이러지도 저러지도 못한다. 선택이 힘들다. 글은 쓰고 싶은데 응답 없는 글은 또 쓰기 싫다. 세상에는 글 잘 쓰는 사람들이 너무너무 많다. 그들의 사이에서 내 글이 생기를 잃지 않고 버터 낼 수 있을까. 그러지 못할지도.

오랜 생각 끝에 해답을 찾아내는 경우가 종종 있다. 나의 글쓰기도 그렇다. 더 이상 글을 쓰지 말자 라는 다짐에 오랫동안 생각에 잠긴다. 그리고 생각 끝에 멈춘 해답은. '글 안 쓰면 뭐 할 건데' 다. 딱히 뭐 할 게 있는 것도 아니다. 그러니 또다시 꾸역꾸역 글을 쓰고, 응답 없는 공모전에 글을 보내고, 또 다시 일상을 헝클어 버린다. 신경 끄고 살면 딱 좋은 일인데. 공모전 발표 날만 다가오면 감정이 오락가락한 것을. 어쩔 도리가 없다.

'될 일은 될 건데.'

이렇게 조급하고 마음 쓰여 봤자 안될 일은 안 되는데 왜 이런지 모르겠다. 무슨 기대를 가지고. 어떤 희망을 품고 있는지. 800명이 넘는 사람들이 응모했다. 그들 중에는 오랜 시간 글을 쓴 사람들이 있다. 그들과 경쟁해서 살아남을 자신이 있겠는가. 그들의 글에는 깊이가 있다. 오랜 시간 숙성한 글이다. 가벼운 나의 글이 자리할 곳은 없다. 나의 컴퓨터 저장 공간 외에는.

간혹 공모전 당선자 이름에 나의 이름이 있다. 가까스로 당선자 이름에 나의 이름이 올라가면 기분이 묘하다. 누군가에게 글이 선택 받았다는 것과 이 정도의 글밖에 되지 않는다는 알 수 없는 미묘한 감정이 요동친다. 욕심이겠지. 그것으로도 만족해야 하는데. 더 높이 올라가고 싶다. 더 높은 상 뒤에 나의 이름이 적히고 싶다.

글은 마음을 다독이고 치유를 위해 쓰기도 한다. 지금의 글이 그렇다. 지금 마음속에서 미친 듯이 날뛰는 글자들을 밖으로 꺼내 놓는 작업 중이다. 그래야 이 지독한 두통이 사라져 버릴 것 만같아서.

요 며칠 두통에 자주 시달린다. 신경성이다. 공모전 발표가 다가오면 연례행사처럼 치르는 일이다. 이제 그만 담담히 기다려 보는 연습을 해야 하는데. 이러다 제 명에 살지 못 할 지도 모른다. 기대가 크면 실망도 큰 법이다.

Part5

나답게 행복 수집기

어느 봄날의 풍경

　바람이 좋다. 햇빛도 좋고. 나들이 가기 딱 좋은 날씨다. 어디론가 떠나고 싶은 날 그런 날이었다. 티브이 채널만 계속 누르며 무료한 시간을 보내고 있다. 밖에 날씨는 이토록 찬란한데 집안의 공기는 우울 그 자체다. 바닥으로 축축 쳐지는 몸은 제법 소파와 한 몸이 되어 있다. 일어나려는 의지조차 보이지 않는다.

　'봄이라서 그래. 오늘 하루만 푹 쉬고 싶어. 원래 이런 날도 있는 거지.'

　자기 합리화에 필요한 문장들을 불러오기 바쁜 시간들이 겹쳐지며 몸은 점점 바닥을 향했다.

'톡 톡 톡' 창문을 두드리는 누군가 있다. 자세히 보니 벌이다. 두 다리를 쭉 늘어 트린 장수말벌이다. 봄이 되어 햇살 좋은 곳에 집 짓기를 하려는 가보다. 우리 집 이층 테라스에는 햇빛이 자주 드나든다. 오랜 시간 머물기도 하고 잠깐 스쳐 지나가기도 한다. 벌집 짓기 딱 좋은 장소인 듯 매년 우리 집을 기웃거린다. 삼 년 전에는 제법 큰 말벌을 주인 허락도 없이 지어 놓아서 강제 철거를 진행했다. 더 커지면 서로가 위험한 상황이라 적당한 크기에 발견할 수 있어 참 다행이라고 생각했다.

어느 날은 엄지 손가락 마디만 한 집을 짓고 있어 말벌 퇴치 스프레이를 사정없이 분사하며 쫓아냈다. 봄만 되면 말벌들과 자리싸움에 곤욕을 치른다. 우리 집 햇살이 좋은 건 알겠다. 하지만 위험 독침을 품고 있는 말벌에게 너그러울 수는 없다.

살 곳을 잃은 동물들이 간혹 사람이 사는 곳으로 발길을 옮긴다. 멧돼지 출몰과 고라니의 등장은 사람들의 오금을 저리게 한다. 고라니는 귀엽지만 하는 짓은 악독하다. 한 해 농사를 망쳐 버린 농부의 마음에 한숨을 가득 남겨두고 유유히 어디론가 사라진다. 멧돼지의 출몰은 공포다. 먹거리가 사라지고 살 곳이 사라지며 사람들이 사는 곳을 침범하는 그들을 쫓는 일만이 정답은 아니란 걸 알고 있지만. 그렇다고 함께 살아가기에도 서로가 불편한 사이가 아닌가.

창문을 두드리는 말벌의 의도가 무엇일까. 협상을 위한 몸부림인가. 무료한 시간에 그들의 행동이 신경 쓰인다. 소파에서 일어나 창문을 사이에 두고 마주 섰다. 나의 등장에 놀랐는지 창문에 몸을 부딪치던 말벌은 저만치 거리를 두고 윙윙 찌그러진 동그라미를 그리며 날고 있다. 대화가 가능하다면 어느 정도 편의를 제공해 줄 의향이 있는데. 우리는 곤충과 인간이기에 그럴 수 없다. 사람을 공격하지 않는다면 테라스 모퉁이에 자리를 못 내줄 이유는 없다. 나도 그만큼의 여유는 마음에 품고 사는 인간이니까.

말벌이 테라스 천장에 붙어 비벼댄다. 내 땅이라고 침을 바르는 것만 같은 행동에 말벌 퇴치 스프레이를 든다. 이 스프레이는 첫 말벌집 퇴치를 도와주신 소방관의 추천템이다. 아주 유용한 아이템이라 말벌 출몰에 자주 이용한다. 우리는 너희에게 줄 땅이 없음을 분명히 말해두는데도 아랑곳하지 않고 찾아오는 말벌의 고집이 보통은 아닌 듯하다.

어느 순간 티브이는 저 혼자 떠들고 있고. 나는 소파에서 일어나 말벌의 움직임을 주시하고 있고, 햇살은 유난히 빛나고 있다. 누군가 호하고 불었을 민들레 홀씨가 조각조각 날아다닌다. 등교하던 아이의 입일지도 모르고, 하천에 운동하러 가시던 옆집 할아버지 입일지도 모르고, 바람의 입일지도 모르고, 모르는 것 투성인 봄날의 어느 오후였다.

봄이 오기는 오는 가보다 생각 했던 그런 봄이었다.

마당 식구들

마당 한편에 우뚝 선 복숭아 나무가 푸름을 내 뿜는다. 삭막했던 마당 한편에 생동감이 깃든다. 주택으로 이사 후 제일 먼저 한 것이 미니 텃밭에 식물들을 심는 거였다. 딸기, 토마토, 고추, 가지, 호박, 오이, 상추, 부추등 오일장에서 만난 모종들을 모조리 사왔다. 처음이니까. 어떤 작물이 우리 집에서 잘 자라는지 봐야하니깐. 욕심 가득 들고 온 모종들은 옹기종기 모여 흙에 뿌리를 숨겼다.

얼마의 시간이 지나고 꽃이 피고 꽃이 지고 열매가 열렸다. 오이 모종은 햇빛에 온몸을 태워 버렸다. 시들해 진 오이 모종을 흙속에서 꺼내 한쪽 모퉁이에 던져 놓았다. 가지는 제법 싱싱한 열매를 매달았고,

부추는 연약한 몸을 간신히 버텨 내고 있었다. 호박은 노란 꽃을 피우더니 이내 시들해졌고, 딸기와 토마토는 서너개의 열매를 토해내고 있었다. 고추의 생명력이 대단하다. 키를 제법 키운 고추 모종은 꽃을 피웠고 이내 매콤한 향을 풍기며 고추를 매달았다. 열 손가락을 거뜬히 넘기는 숫자에 셈하는 것을 멈췄다. 청량고추 소비가 많은 우리 집에 참 잘된 일이다.

다음 해 봄, 오일장을 찾았다. 고추 모종 열 그루와 방울토마토 모종만 샀다. 그해 여름 살아남은 건 이 둘 뿐이라서. 나무도 몇 그루 샀다. 복숭아 나무, 자두나무, 앵두나무, 블루베리를 심었다. 옹기종기 모여 있는 나무를 보며 흐뭇한 미소를 지었다. 남편은 이런 나를 물끄러미 바라본다. 나무들 간격이 너무 좁아 숨 막힐 거란다. 아이들도 말을 덧붙인다. 지금은 덩치가 작아 공간이 있지만 조금만 크면 서로 부딪칠 것 같다는 거다. 이번에도 욕심을 부렸다. 나무들은 시름시름 앓다가 메말라 갔다. 복숭아 나무만 빼고 말이다. 키가 커지는 복숭아 나무 곁에 자라지 못한 나무들은 침묵했다.

올해 봄, 오일장에서 무화과 나무 한 그루를 샀다. 고추 모종 열 그루도 샀다. 3년의 시행착오 끝에 적당함에 대해 배웠다. 많다고 좋은 것 만은 아니었다. 실패가 나쁜 것 만도 아니었다. 지나 온 봄에 만났던 여러 실패들 앞에서 하지 말아야 할 것과 해야 할 것에 대한 지혜를 수확했으니 말이다.

처음이니까. 실수에 두려움을 두지 않기로 했다. 처음부터 잘하는 사람은 드물다. 아니 존재하지 않을지도 모른다. 시도를 해보는 것이 중요하니깐. 나무와 나무 간격은 1미터 이상 띄워 심어야 하고, 고추 모종은 삼십 센티 이상 떨어지는 게 좋다.

복숭아가 제법 많이 열렸다. 뭐 딱히 잘해 준 게 없는데 스스로 잘 큰 복숭아 나무가 고맙다. 바람이 잘 들어왔다 나갈 수 있게 엉켜있는 가지 몇 개를 잘라 주었다. 푸른 잎들 속에 숨겨 진 복숭아가 모습을 드러낸다. 옹기종기 잘도 모여 있다. 햇빛을 제법 받은 녀석은 불그스레하다. 같은 나무에 자라고 있지만 크기, 색깔, 모양이 제각각이다. 올 여름에는 우리 집에서 자란 복숭아를 먹어 볼 기회가 있겠다. 벌써 입속에 침이 고인다. 아이들도 복숭아가 빨리 익기를 바란다. 학교 갈 때 한번, 학교 다녀 올 때 한번 매일 두 번 복숭아랑 눈을 마주친다.

일상에서 만나는 감사

'요즘 어떻게 지내? 잘 지내지?'

오랜만에 친구와 통화를 했다. 우리의 이야기는 매번 서로의 안부를 물으며 시작한다. '그냥 그래' '그럭저럭' 이라는 말들로 보통의 삶을 살아내고 있는 우리는 자주 그리 말한다. 재미 없다고 생각하면 한없이 재미없고 즐겁다 생각하면 즐거운 거 투성인 게 인생이 아닐까.

날이 좋아 테라스로 나왔다. 오랫동안 방치된 탁자 위에 먼지가 쌓여 있다. 의자는 햇빛을 만나 색감을 잃고 있었다. 그늘에 잘 나뒀으면 세월의 흔적을 비켜 갈 수 있을지도 모르는데. 나의 게으름에 테라스에 놓인 물건들이 쓸모 없게 되어 버린 듯 해 마음이 불편했다. 호스를 연결해 먼지를 씻어 냈다. 작아진 신발들은 비닐봉투에 담았다. 바닥에 널브러진 쓰레기를 주워 담고 불필요한 것들을 치워 내니 기분 마저 상쾌해 졌다. 선선한 바람이 불었다.

"오늘 저녁은 야외 고기파티야."

말끔히 정리된 테라스로 가족들을 불렀다. 친정 엄마가 준 돼지고기를 먹기 좋게 잘라 놓았다. 남편은 숯에 불을 피우고 아이들은 탁자 위에 앉아 봄과 여름의 경계에서 불어 대는 바람을 느낀다. 고기가 빨리 익기를 바라는 아이들의 눈빛에 남편 손이 빨라진다. 탁자 위에 상추, 깻잎, 고추, 된장, 기름장, 김치가 놓였다. 적당히 밥이 담긴 그릇을 놓았다. 익은 고기가 접시에 담겨 나왔다. 아이들 젓가락이 바삐 움직였다. 상추와 깻잎을 겹쳐 밥과 고기 고추 된장을 넣어 쌈을 쌌다. 고기를 굽는 남편 입으로 넣어 줬다. 맛있는 공기가 가득했다.

무료한 주말 오후 문을 열고 밖으로 나왔을 뿐인데 새로운 세상이다. 스마트폰에 머물던 시선들이 하늘을 보고, 서로의 얼굴을 바라본다. 이야기가 오간다. 양은 냄비에 끓인 라면을 뚜껑에 덜어 먹으며 오래전 추억을 꺼내 보기도 한다.

"아빠 어릴 적에는."

아이들도 양은 냄비 뚜껑에 라면을 덜어 먹는다. 색다른 경험이라며 빙그레 웃는다. 아이들의 웃는 모습에 나도 웃는다. 은박지에 싼

고구마가 숯불에서 다 익어 갈때 쯤 시원한 얼음물을 가져 온다. 호호 불어가며 군고구마 껍질을 깐다. 달콤한 냄새가 침샘을 자극한다. 두둑이 배를 채웠음에도 고구마가 들어갈 자리는 남아 있듯이 우리는 군고구마를 먹었고, 후식으로 팥빙수를 먹었다.

그냥저냥 지냈을 주말 오후가 시선을 바꾸니 새롭게 다가왔다. '좋았어' '즐거웠어' '다음에 또 테라스에서 먹자'와 같은 말들이 오갔다.

행복은 늘 가까이 있다. 눈치채지 못할 뿐이지. 늘 가까이 우리를 바라보고 있는 듯하다.

무료한 일상을 마주하고 있다면 잠시 시선을 돌려보는 건 어떨까.
우리가 마주했던 그날의 주말 오후가 그랬다.
거대한 것에 가로막혀 보이지 않는 소소한 감사들을 적어 보는 일. 거기서 부터 변화는 시작한다.

청소가 귀찮아 방치 되었던 테라스로 눈을 돌리고 보니 이 공간이 있다는 것이 얼마나 감사한 일인지. 가족의 주말 저녁을 행복하게 만들어 준 공간에 감사했다. 우리는 자주 이곳으로 나오기로 했다. 행복은 그리 멀리 있지 않다. 행복은 생각보다 가까이 있음을. 감사할 일은 매일 있다는 것을.

행복 수집가가 되어보는 일

행복에 관해 생각한다. 불행하지 않는다면 행복한 걸까.

행복해지고 싶은 마음은 매일 있다. 어떻게 해야 할지 도저히 알 수 없을 때 우리는 행복을 뭐라고 말해야 할까. 행복하고 싶은 마음. 그러면 어떻게 해야 할까. 불안한 마음이 사라지면 행복할까.

행복을 수집하는 일을 시작해 본다. 세상은 마음먹기에 달렸다. 행복은 어디든 있는 것. 무엇을 하려는 마음이 욕심과 욕망을 불러 세운다.

사람들과 잘 지내기 위해 마음을 숨긴다. 타인의 날카로운 말들에 베여도 '괜찮아' 말한다. 괜찮지 않은 마음이 쌓이고 쌓여 마음이 무거워진다. 벗어나려고 할 때마다 버거운 현실에 부딪친다. 현실은 내 마음대로 움직여 주지 않으니까. 가혹한 현실에 자주 무너진다. 넘어지고 주저앉는다. 그래도 살아 내야 하는 현실이다.

세상에는 불행과 행복이 공존한다. 사람들이 오가는 광장 앞에는 다양한 사람들이 있다. 누군 가는 춤을 추고, 노래를 부르고, 랩을 한다. 또 다른 누군 가는 억울한 죽음에 대해 애도하고 사회에 호소한다. 행복을 머금고 가는 얼굴들 사이에 불행에 베인 주름이 가득한 얼굴이 바닥에 고개를 숙이고 있다. 동전 몇 개가 들어있는 박스를 지나치는 사람들에 대한 허무함일까. 아무것도 할 수 없는 무력함일까. 지폐 하나를 넣는다. 달라진 건 없다. 여전히 고개는 바닥을 향하고, 박스 안에는 한 끼의 식사 값도 안 되는 동전 몇 개와 지폐 한 장이 있다.

상점 안에는 사람들로 가득하다. 욕망을 채우고 허기짐을 채우기 위한 사람들의 열기가 대단하다. 행복을 찾기 위해 주말 저녁 사람들은 시내 광장으로 모여든다. 술 한잔으로 고통을 잊어버리고, 친구와의 수다로 고민거리를 흘려보낸다. 달콤한 탕후루로 엔도르핀을 세로토닌을 불러 세운다. 사람들의 다양한 행복 찾기에 매일 광장은 붐빈다.

세계과자 할인점으로 향한다. 아이들 손을 잡고, 연인의 손을 잡고, 혼자서, 둘이서, 셋이서. 바구니에는 알록달록 과자들이 쌓인다. 달콤한 향이 바구니에 쌓일수록 아이들 얼굴에 생기가 돈다. 목소리가 커진다. 신기한 과자 앞에서 살지 말지를 망설이는 아이들. 학교에 가면 친구에게 선물할 거라며 같은 과자를 여러 개 담는다. 적당히 사기를 바라는 부모의 마음과 더 담고 싶은 아이의 마음이 충돌하면서 적당한 합의를 이뤄낸다. 길게 늘어진 계산대 줄 앞에 무표정한 직원의 얼굴이 서있다. 쉴 새 없이 찍히는 바코드에 직원의 얼굴은 표정을 잃어버린다. 누구의 행복이 누구의 불행이 될지도. 그런 하루를 마주하고 있다. 지금 이 공간에 있는 사람들 역시 누군가의 행복을 위해 불행을 마주해야 했던 일들이 있을 거다.

1등을 하기 위해서 누군가는 꼴등을 해야 하고. 돈을 벌기 위해서 누군가는 돈을 써야 하고, 그 돈의 대가로 웃음을, 노동을, 비열함을 지불해야 할 때도 있으니깐.

건물주의 오해에 세입자는 주말 가족과의 시간을 반납해야 했다. 다짜고짜 전화를 해 소리부터 내던지는 건물주에게 세입자는 어떤 자세로 맞서야 할까. 똑같이 소리를 지르고 화를 내야 했던 걸까. '네네' 하며 무엇이 잘못된 줄 도 모른 체 잘못을 인정하는 행동을 취했어야 할까.

갑자기 일어나는 일들이 행복한 시간을 집어삼켜 버린다. 날카로운 말들은 아주 오랫동안 상흔을 남긴다. 전화벨이 울릴 때마다 덜컹대는 가슴에 화들짝 놀란다. 한참이 지난 일임에도 불구하고 여전히 전화벨 소리는 그날의 날카로운 말들이 흘러나올지도 모른다는 공포에 사로잡혀 있다. 외상 후 스트레스 일지도 모른다. 정신과 진료가 필요할 만큼의 상처가 그대로 박혀 있음에도 불구하고 병원을 찾지 못한다. 지기 싫은 마음일지도 모르겠다. 내가 왜 그런 말들에 반응해야 하고 아파해야 하는지에 대한 자존심일지도.

그것 만을 지키고 싶어 참고 있는 걸지도 모른다. 말은 발이 없어도 천리를 간다. 밖으로 내뱉기 전에 한 번쯤 생각해 보면 어떨까. 세상에 흘러 버린 말이 얼마나 많은 불행을 아픔을 고통을 남겨 버리는지.

어느 평범했던 주말 오후가 누군가의 사나운 말로 멈춰버렸다. 아이들의 마음에도 그날의 기억이 두려움이 되지 않기를. 고통의 순간으로 기억되지 않기를 바라며 두 아이를 꼭 껴안아 주었다.

행복은 매일 있다는 말을 좋아한다. 불행의 무게가 버거워 볼 수 없을 뿐이지. 항상 주위를 맴돌고 있다. 그 행복을 찾기 위해 불행을 가볍게. 행복을 무겁게 하기 위해 보이지 않는 행복들을 찾아 나선다. 법륜 스님의 말씀처럼 행복의 척도를 소유에 두지 않는다면. 불필요한 것으로부터 얼마나 자유로워 질 수 있을 지를 고민하다 보면 진정한 삶을 살 줄 아는 사람이 되어 있지 않을까.

잔인하고 사납고 소란스러웠던 날도 어머니 같은 밤이 감싸 안아주기에. 고단했던 하루에도 지친 마음을 쉬게 해주는 다정한 것들이 존재하고 있다.

따듯한 차 한잔, 웃고 떠드는 티브이 속 사람들의 이야기, 피로를 식혀 주는 안락한 의자, 아이들의 웃음소리, 건강한 육체, 허기짐을 채울 수 있는 냉장고 속 음식들. 나를 다정하게 만들어 주는 것들에 시선을 두어 보는 일. 거기 서부터 행복을 수집해 본다.

실수를 인정하는 일

운동을 시작했다. 브레이크 없이 찌는 살들이 건강을 위협할 지도 모른다는 불안감에 운동을 결정했다. 식단 조절부터 시작이다. 과일 채소 식단으로 바꾸고 하루 한 봉 견과류도 먹는다. 평소 즐겨 먹지 않는 음식들이라 며칠은 곤욕스러웠다.

걷기 운동 만큼 좋은 운동이 없다는 말에 매일 만보 걷기 목표를 정했다. 무작정 걸어 도서관에 가거나 마트를 들린다.

신선한 채소를 사기 위해 자주 마트에 들렸다. 마주하는 코너가 달라졌다. 정육 코너에 오랫동안 머물던 나의 시선이 과일 채소 앞에 서성 거렸다. 한번도 내 돈 주고 사지 않았던 견과류 코너도 기웃거린다. 어떤 제품이 좋을 까 요것 저것 살피고 있을 때 였다. 내 발 위로

묵직한 박스가 뚝 하고 떨어졌다. 아프거나 하지는 않았다. 순간 놀란 가슴이 콩콩 댈 뿐이었다.

"어머. 죄송해요. 괜찮은가요?"

제품을 정리하던 직원이 내 손을 잡고 어쩔 줄 몰라한다. 괜찮다며 싱긋 웃어 주어도 당황한 얼굴은 사라지지 않고 여전히 나를 향해 걱정의 눈빛을 보인다. 정말 괜찮다고 박스가 살짝 빗겨 맞아서 그리 아프지 않다고 말했다. 정말 괜찮은 가를 여러 번 확인하고 직원은 다시 물건 정리를 시작했다. 물건을 정리해야 하는 그의 옆에 있기 뭐해서 다른 곳으로 발길을 옮겼다. 서로 어색했기에.

식품 세일 코너에 기웃댄다. 오늘은 필요한 것들이 여러 보였다. 아이들이 좋아하는 베이컨과 햄 소시지와 플레인 요거트를 바구니에 담았다. 몇 개 더 담고 싶은 마음을 간신히 내려두고 계산대로 향했다. 평일임에도 셀프 계산대에는 사람들로 붐볐다. 하나의 계산대가 비어 있다. 바구니를 내려 놓으려고 하는 순간 카트 하나가 내 앞을 비집고 들어온다. 내가 먼저인데.

어디선가 나타난 카트는 태연스럽게 계산대에 물건을 올리고 바코드를 찍는다. 속에서 울렁대던 말들을 간신히 삼키고 다음 순서를 기다렸다. 직원의 손짓에 빈 계산대로 걸어가는 데 또 다른 카트가 그곳으로 먼저 향한다. 직원과 나의 눈이 마주쳤다. 당황해 하는 직원의 표정에 쓸쓸한 웃음으로 괜찮음을 알렸다.

이런 상황에서 계산을 제대로 할 수 있을까. 순서를 무시 할 만큼 바쁜 일들이 있는 걸까. 아니면 자신들의 순서라고 착각을 했던 걸까. 이해 할 수 없는 일들 앞에서 부글 대는 마음을 진정시키는 게 쉽지는 않았다. 또 같은 일이 반복 된다면 이때는 삼켜버린 말들을 마구 토해 낼지도 모른다는 생각을 했다. 크게 한숨을 내쉬고 순서를 기다렸다. 다행이라고 해야 할까. 셀프 계산대에 빈 공간이 여럿 생겼다. 새치기를 하지 않아도 될 만큼 여유로운 공간들이 생겨 순서대로 편안히 계산이 진행되고 있었다.

누군가는 실수를 인정하고 사과를 하는 반면 누군 가는 실수가 실수 인지 모른 체 살아간다. 나 역시 누군가 에게 실수를 하고 사과를 전하지 못했던 적이 있지 않을까. 장바구니를 양손에 들고 걸으며 생각한다. 호의라고 생각했던 것들이 불편한 행동이었을지도 모른다는 생각도 한다.

보석을 발견하는 하루

몸이 으슬으슬 떨린다. 갑자기 추워진 날씨 탓인지. 그동안 끙끙 거리며 끌어오던 일들 때문인지. 몸이 천근만근이다. 두꺼운 겨울 이불을 꺼내 머리끝까지 올려 덮었다. 아이들이 떠드는 소리가 희미하게 들렸다. 깊은 잠에 빠진 것 같지는 않다. 나를 부르는 아이들의 말에 가까스로 눈을 떴다. 배가 고프다는 아이들이다. 오늘은 간단히 배달음식을 먹자는 말에 아이들은 환호성을 부른다. 현관 앞에 도착한 음식을 식탁 위에 올려놓고 다시 이불 속으로 들어간 나다. 얼마의 시간이 지났을까. 남편의 목소리가 달려든다. 배가 고프다는 말과 라면을 먹었음 한다고 했다.

돌덩이같이 무거워진 몸을 일으켜 라면 물을 올려놓고 개수대에 쌓인 설거지를 했다. 김치도 좀 넣어 달라는 남편이다. 완성된 라면을 식탁 위에 올려놓는다. 다시 이불 속으로 들어가고 싶은 나다.

라면 냄새에 아이들이 식탁 앞으로 모여든다. "나도 나도 한입만." 돌아서면 배가 고파지는 아이들이다. 아이들 젓가락도 식탁 위에 올려놓는다. 남편은 그릇에 라면을 조금 덜어 낸다. 아이들 몫이다.

"휴, 고춧가루. 이거 씻은 그릇 맞아?"

라면을 끓이며 했던 설거지 그릇에 미처 흘려보내지 못한 고춧가루 하나가 붙어 있었다. 손으로 쓱 닦아 내었다.

"무슨 일이든 애정을 가지고 해야지. 빨리 하는 것보다 확실히 하는 게 중요하지. 한두 번도 아니고 이건 문제가 좀 있는 거 같은데."

라면을 먹다 말고 남편은 나의 생활 태도에 대한 불평의 말들을 늘어놓았다. 그릇에 붙은 고춧가루 하나가 나를 무책임하고 무능력한 사람으로 만들었다. 호로록 라면을 먹던 작은 아이가 말을 덧붙인다. "내 컵에도 고춧가루 붙어 있었어." 큰 아이가 작은 아이에게 눈치 좀 챙기라고 팔을 툭툭 친다. 작은 아이는 내 얼굴을 보더니 그제야 눈치를 챙기는 듯하다.

설거지를 설렁설렁 한 건 사실이다. 누군가는 개수대에 쌓인 설거지를 해야 했고 그 누군가가 나였기에. 밖에 일을 마치고 온 남편에게 다짜고짜 설거지를 하라고 말할 수도 없었다. 남편도 이미 시들

때로 시든 채로 집으로 돌아왔기에.

다음부터는 신경 써서 설거지를 하겠다고 말했다. 남편은 거기서 더 이상 고춧가루에 대한 말을 하지 말았어야 했다. 하지만 나의 기대와는 달리 남편은 2차전에 돌입했다. 거실 머리카락과 화장실 물때, 쓰레기통에 쌓인 휴지들은 언제 비워 낼 것이며, 냉장고 문을 열 때마다 나는 지독한 냄새와 세탁 된 옷에서 나는 냄새가 마음에 들지 않는다는 말들까지 쏟아 냈다. 그동안 쌓인 불만들을 고춧가루를 마중물 삼아 사정없이 쏟아 내고 있었다. 진작에 이불속으로 들어갈걸. 괜히 앉아 있다가 볼멘소리만 듣는다.

"오늘 엄마 몸이 안 좋아서 그래. 밥도 못 먹고 하루 종일 누워 있었어."

큰아이가 남편을 바라보며 말했다. 남편은 그제서야 나의 상태를 확인한다. 몸살 기운이 있는 것 같다. 좀 쉬면 괜찮아 질 거라는 말을 했다. 들어가 쉬라는 남편의 말이 건네진다. 이불 속으로 들어간 내 옆에 큰아이가 다가왔다.

"고춧가루는 떼어내고 먹으면 되지. 라면 안에도 고춧가루가 들어가는데. 그지? 엄마."

피식 웃음이 났다. 그래 맞아 떼어내고 먹음 되는데. 나와 닮은 구석이 많은 큰아이는 신경 쓰지 말고 잘 자라는 말을 남기고 자기 방으로 갔다. 주방에서는 달그락달그락 그릇들이 부딪치는 소리가 들렸다. 고춧가루 하나가 일으킨 태풍이 고요해지는 순간이다.

　방문 틈으로 보이는 남편의 모습을 바라보고 있노라니 미국 시인 칼 윌슨 베이커의 '별밤'이라는 시가 떠올랐다. 오늘 나의 하루가 그 랬다. 빨리 벗어던지고 침대 위에 누워 쉬고 싶었다.

　오늘 하루는 몸에 맞지 않는 옷을 입은 것처럼 성가시다.

　빨리 벗어 버리고 싶다.

　어깨 위로 오늘을 벗어던지려는데,

　어, 보석 하나 머리카락에 걸렸다.

　피하고 싶은 하루였지만 그 속에 보석 여러 개를 발견했다. 아이의 다정한 말과 남편의 듬직한 등 내 이마를 스쳐 가는 작은 온기들이 그 랬다.

직감이 꽝인 날

혼자인 게 익숙한 나다. 고립의 삶을 선택한 것은 아니다. 자연스럽게 그리 살고 있다.

"별다른 행동을 하지 않아도 괜히 정이 가지 않는 사람이 있는 거 알아요? 여러분은 그런 사람 없어요?"

문화 센터 어느 강사의 말이다. 그럴 수 있다는 생각을 한다. 표현을 하지는 않지만 무의식 행동 속에 사람 뉘앙스를 알 수 있다. 직감이라고나 할까. 쓸모없는 직감이 발달한 나에게 자주 느끼는 감정이다. 사람들을 만나고 싶어 용기 내어 찾아간 수업이다. "안녕하세요." 인사를 하면 "안녕하세요." 라며 받아 주는 사람과 '뭐지?' 라는 표정으로 인사를 대신 하는 사람들이 있는 교실 안으로 들어갔다.

글을 잘 쓰고 싶은 나다. 혼자 쓰기에 지쳐 함께 쓰고 싶었다. 용기 내어 먼저 말을 걸어 보기도 했다. 귀찮다는 듯. 그것도 모르고 글을 쓰러 온 거냐는 눈빛과 말투에 점점 말 수를 잃어 가던 나였다. 모두가 같은 마음은 아니구나. 강사의 말처럼 괜스레 정이가지 않는 사람이 나일 수도 있는 거구나 라는 묵직한 생각들이 머리 속을 헤집고 다니다가도, 집에 있는 것보다는 나은 게 아닌가라는 희미한 위로를 끌어올려 보기도 했다. 몇 주를 그렇게 혼자 앉아 글쓰기 수업을 들었다.

수업 과제로 제출한 나의 글에 대한 합평 시간이다. 사람들은 나를 힐끗 쳐다본다. 수필의 형식을 맞추고 있지만 뭔가 어색한 글이라는 총평이다. 조금 더 어린아이의 마음으로 글을 써 보라는 말도 덧붙인다. 그리고 다음 글이 읽힌다. 아주 짧고 짧은 시간에 나의 글에 대한 합평은 끝이 났다. 또 다른 수강생의 글에는 환호와 박수 소리가 들린다. 확연한 온도 차에 마음이 시리다. 왕따를 당하는 사람들의 마음이 이런 건가 싶은 생각도 잠시 스쳐갔다. 자격지심인가. 이미 만들어 진 틀 안에 비집고 들어 가려고 했던 나의 실수가 아닐까. 잡다한 생각들이 머릿속을 떠돌다 사라졌다.

오늘 수업은 여기까지 라는 강사의 말에 사람들은 웅성대기 시작했다. 밥을 먹고 가자는 사람들, 책을 나눠 주는 사람들, 어떤 행사의 팸플릿을 나눠 주는 사람들이 내 앞으로 지나갔다. 모두가 들리는 말이지만 모두에게 하는 말은 아니었다. 모두에게 보이는 책과 팸플릿이었지만 모두에게 주는 것은 아니었다. 그들이 선택한 사람들에게만 전해지는 말, 책, 팸플릿이었다.

적극적으로 먼저 다가가지 못하는 나의 성격을 질책 했다. 용기 내어 본 일은 먼저 인사하는 것이 전부이다. 불편한 공간을, 어색한 공기를 벗어나고 싶었다. 책상 위에 놓은 공책과 볼펜을 가방안에 넣고 교실 문을 열고 밖으로 나올 때 누군가 나를 불러 세웠다.

"글 너무 좋은데요."

함께 글쓰기 수업을 듣고 있는 수강생이었다. 그와 이야기를 나누며 걷다 보니 같은 버스정류장이다. 시시콜콜한 이야기를 하는 그와 그에 호응하는 나. 우리는 그렇게 서로의 이야기를 나누는 사이가 되어가고 있었다. 그도 나처럼 외롭게 수업을 듣고 있었다. 혼자 왔다가 혼자 가는 우리 둘은 왜 서로를 더 빨리 알아보지 못했는지에 대한 궁금증과 지금이라도 이렇게 이야기를 나눌 수 있어 다행이라는 안도감이 일렁였다.

다음 주부터 수업을 듣지 않을 생각이었다는 이야기를 전하니 그러지 말자고 내 손을 붙잡는다. 끝까지 함께 수업을 듣고 다음 학기도 함께 하자고 한다. 혼자라고 생각했던 교실 안에 나와 같이 함께를 생각하는 사람이 존재하고 있었다니. 직감이 꽝인 날도 종종 존재한다는 사실을 알아차린다.

사람들이 풍기는 분위기에 유난히 민감한 나다. 쉽게 생각해 버리는 나의 버릇에 여럿 흘러 보낸 인연들도 있을 것이다. 그 교실에는 나에게 정을 주고 싶지 않는 사람들도 분명 존재했지만, 반대로 나에게 정을 주고자 했던 사람도 존재하는 것을. 그를 만나고 알았다.

누군가의 하루를 추측하는 일

도서관 수업을 마치고 버스를 타고 집으로 돌아오는 길. 어느 오일 장에 가시는지 어르신들이 저마다 장바구니를 하나 씩 들고 계셨다. 좌석은 이미 꽉 차 손잡이도 몇 개 남지 않았다. 가까스로 놀고 있던 손잡이를 잡고 자리를 잡았다. 지나는 정거장마다 버스가 정차했고 어르신들이 버스에 올랐다.

등이 구부정하게 굽은 세월의 풍파를 그대로 맞고 사신 것만 같은 할머니가 내 옆에 섰다. 버스 천장의 손잡이를 잡기에는 키가 작으셨고, 좌석 손잡이는 이미 자리를 선점한 사람들의 몫이었다. 이러지도 저러지도 못하는 상황에 버스가 출발했다. 휘청거리던 할머니는 들고 타신 장바구니를 꼭 잡으셨다. 약간의 흔들림은 있었지만 할머니는 중심을 잘 잡고 계셨다.

그때였다. 누군가 할머니 손을 잡더니 자신이 잡고 있던 손을 빼고 그 자리에 할머니 손을 올려놓았다. "할머니, 여기 잡으세요." 중년의 여자분이셨다. 할머니와 비슷한 헤어스타일을 하고 계셨지만 할머니만큼의 세월을 사신 것 같지는 않아 보였다. 중년 여자분은 버스 천장에 놓고 있는 몇 안 되는 손잡이를 잡았다. 할머니는 '고맙네'라는 말을 하시고 조금은 더 안정된 자세로 목적지를 향해 가셨다. 버스 정차벨이 울리고 버스에 타셨던 어르신들이 우르르 내리셨다. 고개를 돌려 목적지를 보니 대형 식육 식당 앞이었다. 그곳에는 이미 도착한 사람들로 긴 줄이 세워져 있었고, 차에서 내린 어르신들은 발길을 재촉하듯 잰걸음으로 뛰어가신다. 아마 그곳에서 대폭 할인이 이루어지고 있는 것이다.

버스는 다시 출발했다. 돌렸던 고개는 앞으로 향했다. 시선이 할머니 앞 좌석에 머물렀다. 그곳에 교복을 입은 학생이 앉아 있다. 노란색 덮개가 눈에 띄었다. 노란색 좌석은 노약좌석이다. 그 자리에 학생이 앉아 있다니. 마음이 불편했다. 당장 달려가 학생 일어나지 라고 말하고 싶었지만 그럴 깜냥은 되지 않았다. 학생의 뒤통수로 사나운 눈빛만 쏟아 낼 뿐 별다른 말도 행동도 하지 못했다. 불편한 나의 생각과는 달리 버스는 달리고 달려 다음 정거장에 도착했다. 여러 사람이 내리고 또 여러 사람이 버스에 탔다. 내린 만큼 태운 버스는 여전히 사람들로 북적였다.

"학생, 여기는 노약좌석인데."

내 또래로 보이는 여자 분이 학생에게 말을 건네고 있다.

"네. 알고 있어요. 근데 제가 다리가 불편해서……. 죄송해요."

학생은 더듬거리는 말로 그 여자 분을 향해 말했다. 사람들에 둘러싸여 학생의 다리 상태를 확인하지는 못했지만 여자 분의 행동 만으로도 짐작할 수 있었다.

"아, 미안해요. 학생."

학생은 보이지 않는 차가운 시선을 받으며 그 자리에 앉아 있었다. 나의 불편한 시선도 그 학생에게 향하고 있었으니. 사람을 쉽게 판단하고 잘라내는 버릇을 가진 나다. 제대로 알지도 못하고 생각하고 비난하고 결론까지 내려 버린다. 알지도 못하면서 단면적인 면만 보고 학생을 불편한 시선으로 바라본 내가 부끄러웠다. 누군가 이런 나를 알아볼까 얼굴이 화끈거렸다. 잘 알지도 못하면서. '저 사람 왜 저런다니?' 라는 한심한 말들이 들려오는 것만 같았다. 정차 벨이 울렸다. 버스에서 내렸다. 불편한 마음도 함께 였다.

학생에게 미안하다는 말을 끝내 전하지 못했다. 어쩌면 사과를 하는 게 더 웃긴 상황이 될지도 모른다. 내 마음 편하 자고 다짜고짜 학생 미안해를 말하는 것도 웃기지 않은가. 사과는 상대방을 위한 거지 나를 위한 게 아니니깐.

사람을 쉽게 생각해 버리는 버릇을 고치려고 노력 중이다. 가십거리에는 말을 덧붙이지 않는다. 확실하지 않은 일에는 중립을 지키고자 노력한다. 나의 말 한마디가 어떤 나비 효과를 일으킬지 모르는 일이니까.

매일 반복되는 일상 속에는 우리가 모르는 어떤 말들이, 추측들이, 오해들이 따라온다. 일일이 그것들을 대면하면 하루가 피곤해진다. 지나쳐 버려도 되는 것들과 흘려 보내도 되는 것들, 한번 들여다 봐야 하는 것들로 나눠 마주하다 보면 무던한 하루를 보낼 수 있지 않을까.

집착을 마주하는 일

햇살이 좋다. 바람도 좋다. 날이 좋아 기분이 좋아지는 날 가만히 밖을 내다본다. 새들이 전깃줄에서 속삭인다. 뭐라고 말하는 걸까. 집에만 있지 말고 나가라는 말인가.

양가적인 마음을 가지고 있다. 사람들과 어울리고 싶지만 그 어울림 속의 고단함은 싫다.

집착과 소유에서 오는 결핍이 아닐까. 없을 때는 아무렇지도 않았던 마음이 가지려고 하면 불편해지고 고단해진다. 가지지 못한 것에 신경질이 나고 생각이 삐딱해진다. 고통과 소유에 대한 욕망이 팽팽한 줄다리기를 하다 고통이 이겨버리면 욕망을 포기한다. 욕망을 포기하니 고통도 사라진다.

인생은 꽃잎을 만들어 가는 것과 같다. 꽃 수술 중심점이 '현재의 나'이고 과거의 나로 되돌아갔다가 다시 현재로 돌아오며 꽃잎을 피우고, 미래의 나로 껑충 뛰어갔다가 다시 현재의 나로 돌아오며 꽃잎을 피우며 나의 인생 꽃이 활짝 피어난다. 과거에 매몰되어 다시 돌아오지 못한다면 꽃잎은 피어나지 못한다. 미래에 침식되어 현재의 나로 돌아오지 못한다면 꽃은 시들어버린다. 현재의 나에 무작정 머물러 있으라는 이야기가 아니다. 과거의 나로 갈 수도 있고, 미래의 나로 갈 수도 있다. 중요한 것은 다시 현재의 나로 곧장 돌아와야 한다는 거다.

현재의 삶에 집중하려고 무진장 노력하지만 쉽지 않다. 문득 떠오르는 과거의 일들에 얼굴이 붉어지고 가슴이 콩닥대기도 하니깐.

카페에 들렀다. 점심 모임이 끝나고 간단한 차 한잔을 하기 위해서였다. 아직 하지 못한 말들이 카페 테이블 위로 흘러나왔다. 말하기보다는 듣는 쪽이 더 편한 나는 가끔 고개를 끄덕이다가 커피를 한 모금 들이마시거나 한다.

"커피가 너무 많아. 나눠 마시고 싶은데. 커피 마시고 싶은 사람?"

커피의 농도와 양이 취향에 맞지 않다는 A는 함께 커피를 마실 사람을 찾았다. 커피를 좋아하던 B가 손을 번쩍 들었다. 며칠 전 다리를 삐끗해서 반 깁스를 하고 있던 B는 누군가 여분의 컵과 뜨거운 물을 가져다 주기를 바랐다. 무슨 생각이었을까. 내가 벌떡 일어나 다녀오겠다고 했다. 계단을 내려가 카운터로 향했다. 커피 농도가 진해 뜨거운 물이 필요할 것 같다. 여분의 컵과 뜨거운 물을 줄 수 있겠냐고 점원에게 물었다. 점원은 단칼에 부정의 말들로 나의 요청을 거부했다. 카페 규정상 여분의 컵을 제공할 수 없다는 거다. 뜨거운 물은 정수기에서 받으면 된다는데. 컵이 없다. 어디에다 뜨거운 물을 받으란 말인가. 속이 상한 체로 자리로 돌아왔다. 상황을 설명하니 다들 어이가 없다는 표정이었다. 말도 안 되는 점원의 말이라고 C가 자리에서 벌떡 일어나 카운터로 향했다. 얼마의 시간이 지나고 C의 양손에 뜨거운 물이 담긴 종이컵이 들려 있었다. 얼굴이 화끈거렸다. C는 되고 나는 안 되는 이유가 뭘까. 속이 부글거렸다. 사람 차별하는 것도 아니고 이게 무슨 상황인가.

"어떻게 가져온 거야? 나한테는 안 주던데?"

"뜨거운 물이랑 종이컵 달라고 하니깐 주던데."

C와 나의 달랐던 점은 '컵'과 '종이컵'이었다. 컵은 점원의 말대로 규정상 추가 제공이 되지 않는다. 하지만 종이컵은 가능했던 거였다. 후끈거리는 마음이 쉽사리 식지 않았다. 카페를 나와서도, 사람들과 헤어지고 집으로 돌아와서도 한동안 계속 이어졌다.

그때 그 순간 벌떡 일어나 나가지 않았더라면 자다가 이불킥할 만큼 신경 쓰이는 일은 겪지 않아도 됐을 텐데. 이미 지난 시간에 자주 들락거리는 나다. 아무도 기억하지 않을 그 순간 부끄러움이 무능력

함이 오랫동안 머물러 있다. 생각하지 말아야지 하면 할수록 더 생각
난다.

누군가는 별거 아닌 일로 뭘 그렇게 깊게 생각하느냐고 말할지도
모른다. 나 역시 생각해 보면 별거 아닌 일이라 생각하기도 한다. 그
럴 수 있지. 뭐, 대단한 실수는 아니었어. 가끔은 억울한 일에 얼굴을
붉히는 일이 생기잖아. 근데 그 정도로 억울할 일도 아니었고. 그렇게
생각하다 보면 다시 현재의 나로 돌아온다. 그러다 문득 과거로 가 있
는 나를 발견한다. 무한의 반복이다. 그런데 다시 되돌아갈 때마다 부
글대는 마음이 약해진다는 거다. 처음만큼 가슴이 콩닥거리지도 않
는다. 잠깐의 후회를 하다가 다시 현재의 나로 돌아온다. 충분히 부끄
러워하고 후회할 시간이 필요했는지도 모르겠다.

집착이라는 녀석이 그런 것 같다. 잊어버리고 싶은 집착은 더 생각
나게, 손에 움켜쥐고 싶은 집착은 잡히지 않게, 청개구리 심보 같으니
라고.

집착은 아무것도 하지 않으려는 마음을 싫어한다. 있는 그대로 받
아들이는 마음에 집착이 있을 자리는 없다. 편안한 일상을 마주하고
싶은 마음은 자연스럽게 일어나는 일에 집중해 보기로 했다.

지금 이 순간을 살아라.

과거는 지나갔고 미래는 오지 않았다. 인생은 계획대로 흘러가지

않는다. 내일 당장 무슨 일이 생길지도 모른다. 미래는 미래의 나에게 맡겨두고 현재의 나에게 집중하기. 과거는 과거의 나에게 맡겨두기. 지나간 일에 집착하지 말기. 집착하지 않기에 집착하지 말기.

걱정쟁이지만 행복을 수집합니다

행복에 대한 생각을 자주 한다. 행복은 무엇일까. 내가 느끼는 감정이 편안한 상태 그것이 행복인가. 돈, 명예가 행복을 가져다주는 것은 아니다. 그것들을 지니고 있다고 해도 마음이 편안하지 않으면 곤욕스러운 하루를 보내야 한다. 행복의 기준은 자기 하기 나름이다. 어떤 행복을 꿈꾸는가.

사람은 분수에 맞게 살아야 행복하다는 말이 있다. 그 말의 의미가 다소 차갑게 다가올지도 모른다. 주어 진대로 세상이 보여 주는 대로 불만 없다면 편안한 마음을 유지 할 것이고 그 마음은 행복감을 가져다 준다.

행복의 기준을 너무 높게 잡고 있는 건 아닐까. 남이 하는 거 다 하고 싶고, 남이 가진 거 다 가지고 싶은 욕심이 불편한 마음을 불러 오는지도 모르겠다. 지금의 나처럼.

글을 쓰며 책 출간을 꿈꿨다. 유명한 작가가 되고 싶기도 했다. 어찌어찌하여 책을 출간했다. 책 출간 만으로도 기분이 좋아야 하는데 그렇지 못했다. 책 판매 부수에 마음이 쭈글해지고, 사람들의 미지근한 반응에 마음이 식어버리기도 했다. 책만 내면 행복한 결말을 마주할 줄 알았다. 서점에서 저자 사인회도 하고, 강의도 하며 여느 유명 작가들 삶을 꿈꿨다. 꿈이 현실이 되지는 못했다. 사인은 지인에게 나눠 주는 책으로 대신했고, 강의는 의뢰가 들어온다고 해도 내가 거절해야 할 판이었다. 사람들 앞에만 서면 말도 제대로 하지 못하고 마이크를 든 손은 내 의지와 상관없이 사정이 없이 떨렸다.

도서관 글쓰기 수업에서 자신의 글을 발표하는 시간이 있었다. 여럿이 말할 때는 자연스럽게 잘 말을 하는데 앞에 만 서면 왜그리 떨리는지. 쿵쾅대는 가슴을 부여 잡고 사람들 앞에 섰다. 크게 한숨을 내쉬고 나의 글을 읽는 데 목소리도 떨리고, 마이크를 든 손도 떨리고, 원고를 든 손도 떨렸다. 가까스로 원고를 다 읽고 자리로 돌아가려는데 강사의 말이 내 등 뒤를 서성거렸다.

"글을 참 잘 썼는데 너무 떨어서 글에 대한 집중도가 떨어졌어요. (웃음)"

위로의 말일까. 비난의 말일까. 양쪽으로 벌어진 말에 머릿속이 혼란스러웠다. 어쩌면 나에 대한 위로의 말일지도 모른다는 생각으로 그 날의 기억을 정리했다.

사람들 앞에만 서면 사시나무 떨듯 떨리는 손과 목소리로 어떻게 강의를 할 수 있겠는가. 욕심이었다.

어느 날 SNS 디엠으로 유튜브 인터뷰 요청이 들어왔다. 준비된 질문지에 답변하는 형식의 영상을 제작할 예정이라고 했다. 한참을 읽어 보다 답변을 보내지 않았다. 거절의 답변조차 보내지 못한 것은 혹시나 마음이 바뀔지도 몰라서였다. 결론은 바뀌지 않았다. 아무리 생각해도 사람들 앞에서. 그것도 영상이 언제 어디로 흘러 들어갈지 몰라서다.

어느 날은 용기가 필요한 하루가 있다. 그날의 내가 그랬다. 용기 없이 지나간 하루는 아무 일도 일어나지 않았다. 그날 내가 만약 용기를 내었다면 내 삶이 조금은 변화를 위해 꿈틀대고 있지 않았을까.

어떤 일을 시작할 때 자주 브레이크를 밟는다. 혹시 하는 불안한 것들에 대한 자기검열이다. 그렇게 꼼꼼히 따지고 재고 하다 보면 용기는 사라지고 만다. 두려움 투성인 도전은 의기소침한 나를 자주 마주하게 했다. 여전히 유명한 작가는 되고 싶지만 강의를 하거나 사람들 앞에 서는 것은 두렵다. 작은 도서관을 운영하는 지인에게 여러 번 강의 제의를 받은 적이 있다.

"아직은 제가. 그만한 능력이 없어요. 조금 만 더 기다려 주시면."

언제까지 기다려야 하는 걸까. 나 자신도 모르겠다. 기회는 자주 오는 것이 아니다. 기회가 왔을 때 잡아야 하는데. 나는 줄곧 흘러 보냈다.

행복에 관한 글을 쓰고자 마음먹은 것은 지금 내가 행복하지 않아서였다. 행복이 늘 곁에 있다는 것을 스스로 알고자 했기에. 먼 곳을 향해 있는 시선을 가까운 곳으로 돌리기 위해 글로 행복을 수집한다. 수집한 행복은 글로 보관한다. 이 글들이 모여 하나의 행복 수집기가 될지도 모른다. 행복이라는 글자를 적을 때마다 빙그레 웃음이 지어진다. 엔도르핀이 머릿속을 맴도는 것 같은 기분이다. 글자만 보아도 기분이 좋아지는 것. 자주 행복 이란 글자를 적는다.

독일의 철학자 괴테는 염세주의 쇼펜하우어에게 이런 말을 했다.

"당신이 자신의 가치를 즐기고자 한다면, 당신은 세상에도 가치가 있음을 인정해야만 한다."

행복한 삶을 살고 싶다면 세상에 행복은 늘 있음을 인정해보는 거다. 여름이 오고 있다는 것을 느낄 수 있다는 일, 여름휴가를 계획하는 일, 창문으로 들어오는 시원한 바람을 마주하는 일, 맥주와 치킨으로 하루를 마무리 하는 일 등등. 우리가 마주하는 일상에는 행복이 늘 존재하고 있었다. 너무 머나먼 행복을 바라보는 일에서 벗어나는 것·부터 시작이다.

행복해지는 중입니다

초판 1쇄 발행 | 2025년 4월 30일

지은이 | 김미옥
펴낸이 | 김지연
펴낸곳 | 마음세상

출판등록 | 제406-2011-000024호 (2011년 3월 7일)

ISBN | 979-11-5636-620-1(03810)

원고투고 | maumsesang2@nate.com
블로그 | blog.naver.com/maumsesang

* 값 17,200원